CRIMINALS

Verführe mich zum Bösen

Kitty Stone   Mike Stone

Deutsche Originalausgabe, 1. Auflage 2021

Ihr findet uns auf

facebook.com/miklanie
http://darkstones.de

CRIMINALS

Verführe mich zum Bösen

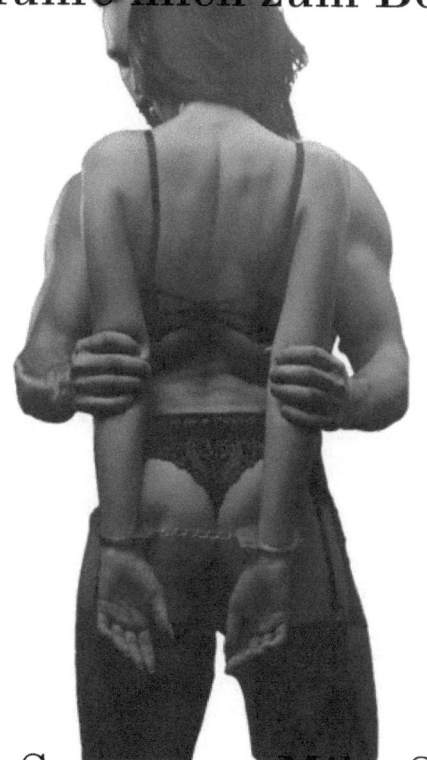

Kitty Stone   Mike Stone

Impressum:
Kitty Stone
Mike Stone
Breslauer Str. 11, 35274 Kirchhain

© Februar 2021 Kitty Stone / Mike Stone

Covergestaltung: Oliviaprodesign / Bilder: depositphotos.com

ISBN: 978-3-384-20379-3
Imprint: Tredition

 tredition

Warnung vor Dingen, die so sind, wie sie scheinen
Und vor solchen, die es nicht sind

Diese Dark Romance aus der Feder des Autorenpaares Stone versteht sich als Kurzroman und will auch so bezeichnet werden. Sie ist so heiß und heftig, wie man es von den Darkstones kennt und hat natürlich auch wieder eine gehörige Prise des üblichen Tiefgangs. Sie ist nur ein wenig kürzer und knackiger.

Wer sich auf dieses Buch einlassen will, muss sich auf Ausflüge in düstere Gedankengefilde einstellen. Es geht hart her. Auf die heiße Weise. Auf die BDSM-Weise. Dominanz und Unterwerfung spielen eine wichtige Rolle, Spielarten wie Erniedrigung und Spanking ebenso. Das ist nicht jedermanns Kragenweite.

Heftig oder sogar triggernd können auch andere Teile der Handlung wirken. Wer Traumatisches erlebt hat und schlecht mit Übergriffen - sexuell oder auch generell - umgehen kann, liest auf eigene Gefahr.
Wer in diesem Buch wem was tut und wer mit was einverstanden ist, mag noch unklarer sein als sonst oft. Will man wissen, was Schein und was ›wirklich‹ ist, muss man bis zum Ende lesen und sich dann ein Urteil bilden. Eben ganz so, wie es in einem guten Buch auch sein sollte.

All das wird erfahrene Dark Romance Leser nicht überraschen und die Fans der Autoren schon gar nicht. Für alle neuen Leser wird folgender Hinweis gegeben:

Dark Romance ist nicht lieb und will es auch nicht sein. Es geht mal hart, mal heiß, mal ziemlich brutal zu. Sex, Gewalt und Psychospiele sind nicht die Ausnahme, sondern die Regel in diesem Subgenre.

Romance bleibt es aber dennoch. Ein Happy End ist also garantiert. Fragt sich nur, wer wie schlimm leiden muss, bis es so weit ist. Und ob die Bösen ihre gerechte Strafe erhalten oder gar selbst die Protagonisten sind.

Wer sich darauf einlässt, tut das auf eigene Gefahr. Es ist eine Gratwanderung. Jeder Leser empfindet anders. Ihr seid gewarnt.

ERSTES KAPITEL

Kitty

»Scheiße, scheiße, scheiße!«

Ich schlage heftig auf das Lenkrad und stoße einen frustrierten Schrei aus. Was für ein beschissener Abend! Wie konnte ich mich nur so täuschen lassen?

Online klang es perfekt. Seine Texte, sein Auftreten … da hat alles zusammengepasst. Doch in der Realität …?

Von wegen Dom. Pah! Ein Witz ist er. Ein schlechter noch dazu. Groß, breitschultrig und muskulös am Arsch! Ihn mickrig zu nennen, wäre noch übertrieben. Ein dürrer Hering mit einem Händedruck wie ein feuchtwarmer Waschlappen und einer absoluten Fistelstimme. Als er mich sah, muss er gedacht haben, ich sei der Lottogewinn, denn im Gegensatz zu ihm war ich ehrlich und sehe wirklich so aus, wie auf meinen Fotos und bin wirklich so drauf, wie in meinen Beschreibungen.

Als mir klar wurde, dass mich statt einer hemmungslos harten Nacht voller Sex, Erniedrigung und Orgasmen kaum mehr als hohle Worte und heiße Luft erwarten, blieb mir nur die

Flucht. Ich habe mir nicht einmal eine Ausrede ausgedacht. Ich bin einfach abgehauen.

Wieder schlage ich genervt auf das Lenkrad ein. Ich hatte mich so sehr auf das Date gefreut. Endlich jemand, der es mir besorgen kann, ohne dass ich dafür gleich um mein Leben fürchten muss. Ein knallharter, kompromissloser Dom, bei dem ich meine Sehnsüchte ausleben kann und der mir nicht mit einem Scheiß wie Safewords und schriftlich festgelegtem Regelkatalog kommt, in dem alle persönlichen Grenzen bis ins Kleinste festgehalten werden müssen. Aber auf der anderen Seite auch kein völliger Psycho. Ich hätte ahnen müssen, dass es - wie so oft - zu gut klingt um wahr zu sein.

Ich könnte kotzen, wenn ich daran denke, wie weit ich mich ihm offenbart habe. Das muss ich ihm lassen - er hat seine Rolle online perfekt gespielt. Ich wünschte nur, es wäre dabei geblieben und ich hätte nie erfahren, dass er nur ein Großmaul ist, das sich vermutlich jetzt schon wieder auf die Videos, die ich für ihn gemacht habe, einen runterholt.

Was ich nicht begreife, ist, warum er sich auf das Treffen eingelassen hat. Dachte er wirklich, ich erkenne den Unterschied zwischen Bildern und Realität nicht? Hat er geglaubt, er hat mich so gut im Griff, dass es mir egal sein würde? Obwohl ich immer wieder klargestellt habe, was genau ich will und von ihm erwarte. Was ich für meinen Kick brauche?!

Wenn es doch nur virtuell geblieben wäre, dann ... Ja, dann wäre ich zwar weiterhin untervögelt und frustriert, aber ich hätte mir nicht tagelang auf Kommando die Orgasmen verkniffen. Ich hätte keine Spielzeuge in meinen Löchern, die meine Wut nur noch mehr anstacheln, weil sie mich trotz allem weiter aufgeilen. Ich würde meinen verfickten Mantel noch besitzen, den ich bei meinem Abgang einfach auf der Fußmatte habe liegen lassen. Ich würde jedenfalls nicht spitz wie nie zuvor in Unterwäsche in meinem Sportwagen sitzen und mir etwas wünschen, das ich ungestraft überfahren kann.

Spitz und ohne Aussicht auf Besserung, wohlgemerkt, denn die beiden Spielzeuge in meinem Schoß verrichten weiterhin ihr verdammtes Werk »Dreckscheiße!«, fluche ich und versuche mich anders hinzusetzen. Vielleicht sollte ich anhalten und sie entfernen? Der Plug in meinem Hintern und das Ei in meiner Pussy erinnern mich nur daran, was ich heute definitiv nicht mehr kriegen werde. Wenn sie wenigstens eingeschaltet wären, könnte ich es mir vielleicht selbst ...

Hm, was hält mich eigentlich davon ab? Es ist spät, die Straßen sind leer und ich bin sowieso mitten im Nirgendwo unterwegs. Der Kitzel, der mich erfasst, als ich darüber nachdenke, ist allein schon Grund genug. Es ist verrückt und das gefällt mir besonders daran.

Ich krame in meiner Handtasche - die ich immerhin nicht vor dem Haus dieses Idioten habe liegenlassen - nach der Fernbedienung, ohne mich dabei mit solchen Kleinigkeiten aufzuhalten, wie den Wagen kurz anzuhalten. Es dauert vielleicht etwas länger, aber die Vorfreude auf diese Verrücktheit verdrängt immerhin die Wut.

Nach einer Weile werde ich fündig und verdränge sofort die Idee, in meiner Handtasche mal wieder Ordnung zu schaffen. Ich kann die Schieberegler für beide Spielzeuge blind erfühlen. Ein kleiner Stups nur und schon fangen beide an, in mir zu vibrieren. Zischend atme ich ein und versuche, die Augen offen und den Wagen in der Spur zu halten.

Vibrospielzeuge für unterwegs sind eigentlich nicht meine Kragenweite. Jedenfalls dachte ich das immer. Aber das Gefühl ist schon heiß. Es ist stockdunkel draußen und ich lenke meinen Wagen durch die Nacht, während zwei kleine Lustbringer in mir ihr Werk verrichten. Es ist reizvoll. Aber nicht genug …

Noch einmal fühle ich nach den Reglern. Sie stehen auf dem, was die unterste Stufe sein muss. Ich bin keine Frau für halbe Sachen. ›Low‹ ist für Arme. Was ich will, ist für den Arsch und für Pussys. Kurzentschlossen drehe ich voll auf. Wenn schon, denn schon.

»Oh mein Gott«, keuche ich, als es so richtig heftig abgeht. Die Fernbedienung gleitet mir aus der Hand und ich nehme am Rand wahr, wie sie vom Beifahrersitz rutscht und auf dem Boden vor dem Sitz aufkommt. Scheiß drauf, das ist zu geil!

Ich drücke mich fest in den Sitz und atme tief ein. Meine Hände umklammern das Lenkrad. Ich kann mein Becken einfach nicht stillhalten. Aber es ist egal, wie sehr ich mich bewege - kreisend, vor, zurück -, ich entkomme den heftigen Vibrationen nicht.

Diese kleinen Teufelsdinger verschaffen mir ein sofortiges Hochgefühl. Ich drücke automatisch das Gaspedal durch. Es ist so verdammt berauschend in der Dunkelheit über die endlos lange, leere Straße zu rasen, während in mir ein Gewitter tobt, dass schon bald kurz davor steht, sich zu entladen.

»Oh ja«, stöhne ich und werfe den Kopf in den Nacken. Nur kurz reißt mich das schlingernde Auto aus meiner Ekstase. Ich richte leidlich meine Konzentration auf die Straße, während alle Sinne nach innen gerichtet sind. Es kribbelt und pocht. Ich würde dafür sterben, wenn irgendetwas jetzt meinen Kitzler berühren könnte. Dieses verfluchte Ei hat es in sich! Es treibt mich zwar bis kurz vor die Schwelle, aber … Shit, nicht darüber hinaus. Und der Plug macht alles sowieso nur noch schlimmer und hilft rein gar nicht. Keine noch so abenteuerliche

Bewegung, die ich versuche, bringt mich den allerletzten, winzigen Schritt übers Ziel. Wieder schlingert der Wagen, und ich stöhne genervt auf.

Klar, ich könnte einfach langsamer werden, mir die Finger in meinen Slip schieben und mich endlich zum Orgasmus bringen. Aber das ist leichter gesagt, als getan. Ich bin so angespannt, dass ich nicht einmal Gas wegnehmen kann und meine Hände halten das Lenkrad fest gepackt. Ich glaube nicht, dass irgendwas außer einem Orgasmus mich in die Lage versetzen könnte …

Lautes Sirenengeheul ertönt und Blaulicht blitzt in meinem Rückspiegel auf. Mit einem erschrockenen Aufschrei verreiße ich schon wieder das Steuer. Mir entgeht allerdings auch nicht, dass mich dieser Schock fast über die Klippe gestoßen hätte.

Fuck, Fuck, Fuck! So kurz davor!

Ich nehme den Fuß vom Gaspedal und finde die Bremse, um noch langsamer zu werden. Mit rasendem Herzen sehe ich die Aufforderung im Spiegel, anzuhalten. Dreck! Ich muss gefahren sein, wie eine … Besoffene. Ich weiß nicht, was weniger Ärger bedeuten würde.

»Das gibts doch nicht! Was für eine Scheiße!«, mache ich meiner wiedererwachenden Frustration Luft, während ich am Straßenrand anhalte. Kann diese Nacht eigentlich noch beschissener werden?

Der eine Motor verstummt, aber die anderen beiden machen in mir munter weiter und machen es mir fast unmöglich, einen klaren Gedanken zu fassen. Während ich den Polizeiwagen hinter mir anhalten sehe, taste ich hektisch in meiner Handtasche nach der Fernbedienung. Wieder finde ich sie nicht auf Anhieb, was jetzt gerade wirklich, wirklich scheiße ist!

Okay, Panik ist angebracht! Ein Cop wird gleich an meinem Fenster auftauchen und ich habe zwei Sexspielzeuge in mir, die auf voller Kraft versuchen, mich in den Wahnsinn zu treiben. Wenn ich sie hören kann, wird das auch dem Polizisten so gehen. Und dann bin ich dran. Wo ist die verfickte Fernbedienung?!

Dann fällt es mir wieder ein: Sie ist in den Fußraum gefallen! Heilige Scheiße, da kann ich ja lange in meiner Tasche suchen!

Ich muss mir ein hysterisches Kichern verkneifen, als ich mich fast schon zur Seite werfe, um den Bereich vor dem Beifahrersitz abzutasten. Los, los, los!

Als ich endlich das dumme Plastikteil entdecke, versuche ich schon, die Regler zurückzunehmen, bevor ich es richtig in der Hand halte. Mit … teilweisem Erfolg. Immerhin kriege ich auf die Schnelle beide Schieber zur Hälfte runtergefahren, bevor mir das Ding entgleitet.

Es wäre dennoch kein Problem, wenn nicht in dem Moment ein hartes Klopfen an meinem Fenster mir so einen gewaltigen Schrecken einjagen würde, dass ich zusammenzucke und nur noch das Aufprallen von Plastik auf dem Boden vernehme. Fuck!

Schnell will ich mich noch einmal vorbeugen, aber es klopft gleich wieder und dann erfasst mich ein greller Lichtstrahl, der mir einen neuen Schrecken einjagt. Hochruckend stoße ich mich am Lenkrad und gebe der Fernbedienung einen Stoß mit dem Finger, statt sie zu packen zu kriegen. Na, ganz toll! Hätte der Blödmann nicht eine Sekunde warten können, Herrgott noch mal!? Was für ein Arschloch!

»Ma'am?«, fragt er fordernd und hat die Hand auf seinem Pistolenholster an der Hüfte, während er mich mit der blöden Taschenlampe blendet.

Ich seufze und sinke kurz in meinen Sitz. Wenn ich noch mal nach der Fernbedienung suchen gehe, erschießt der mich wahrscheinlich, weil er denkt, ich fische nach einer Waffe. Ich sehe sicherlich fürchterlich gefährlich aus …

Fuck, ich habe nur Unterwäsche an! Und die Haare hängen mir ins Gesicht. Nicht zu vergessen, ich dürfte ziemlich rot sein, so heiß ist mir. Schweißperlen stehen auf meiner Haut. Vermutlich kann man meine Erregung im Wagen sogar riechen.

»Ma'am!?«, motzt der blöde Ordnungshüter.

»Ja, doch!«, maule ich und puste mir die Haare aus dem Gesicht.

Was solls schon? Es ist ja wohl nicht illegal, in Unterwäsche rumzufahren und geil zu sein, oder? Ich meine, *technisch* gesehen habe ich mehr Stoff am Leib, als in einem Bikini. Auch wenn Bademode nicht so extrem durchsichtig sein sollte. Aber wenn sie weiß und nass wird …

Gott, ich drehe hier gerade durch und fange gleich an, hysterisch zu kichern, während der Polizist neben meinem Auto langsam den Griff an seiner Knarre festigt. Ich muss mich zusammenreißen! Schnell betätige ich den Fensterheber.

»Warum hat das so lange gedauert?«, fährt mich der Blödmann ohne Begrüßung, Punkt oder Komma an, kaum dass mein Fenster auch nur einen Spalt offen ist.

Bevor ich mir eine Antwort überlegen kann, die nicht auf der vermutlich ziemlich unglaubwürdigen Wahrheit basiert, höre ich ihn tief durch die Nase einatmen. Scheiße, er riecht es! Er beugt sich sogar runter, um in den Wagen zu leuchten.

»Ähm …«, macht er nur, als er das ganze Ausmaß erfasst. »Ma'am, Sie haben ja gar nichts an!?«

»Nichts an?!«, japse ich und reiße den Kopf zu ihm herum. »Das Ensemble hat vermutlich mehr gekostet, als du in einem Monat verdienst! Das ist wohl kaum ›nichts‹«

»Sind Sie betrunken?«, grollt er. »Oder haben Sie Drogen genommen?«

Fuck! Ich muss ziemlich fiebrig aussehen, so wie ich mich fühle. Was seine Fragen nicht weniger unverschämt macht. Nur vielleicht, eine Winzigkeit verständlicher.

»Natürlich nicht«, schnaube ich abfällig und erinnere mich wieder, mit wem ich spreche und wie man so jemanden anredet. »Wie kommen Sie darauf, Officer?«

»Wo soll ich anfangen? Bei den Schlangenlinien, die der Wagen gefahren ist? Bei Ihrem Allgemeinzustand? Oder wie wäre es mit den Anzeichen für extreme Anspannung und Nervosität, die Sie zeigen?«

»Hören Sie«, setze ich an und will es ihm erklären. Ehrlich erklären. Sonst kriege ich womöglich noch richtigen Ärger.

»Steigen Sie bitte aus, Ma'am«, verlangt er.

»Wie bitte!?«

»Aus dem Wagen aussteigen. Mit den Händen vor dem Körper, gut sichtbar. Machen Sie bitte keine plötzlichen oder unerwarteten Bewegungen und kooperieren Sie …«

»Das soll wohl ein Witz sein!«, entfährt es mir und ich sehe ihn direkt an.

Was ein Fehler ist. Nicht nur, weil er in seiner verdammt gut sitzenden Uniform wirklich scharf aussieht und dazu passend auch noch eine ziemliche Sahneschnitte ist. Das ist nur das Tüpfelchen auf dem blöden i. Nein, er hat so auch noch mehr Gelegenheit, meinen erhitzten und ziemlich aufgebrachten Zustand zu studieren. Er begreift nur nicht, was er da sieht.

»Raus aus dem Wagen!«, knurrt er und hält mit einer Hand die Pistole im Holster, während die andere mir einen Platz auf dem Asphalt zeigt, wo er mich haben will.

Dummerweise ist das ein Ton, der mir so richtig zwischen die Beine fährt. Mit den beiden Vibratoren auf halber Kraft konnte von nachlassender Erregung bei allem Frust und aller Genervtheit sowieso keine Rede sein. Und das macht alles nur noch schlimmer.

Ich will es nicht, aber ich bin schon fast ausgestiegen, bevor dieser Gedanke Form angenommen hat. Mein Kopf und meine Pussy sind völlig unterschiedlicher Meinung, wie ich mich am besten verhalten soll. Die eine will, dass ich gleich vor ihm auf die Knie gehe und seine Hose öffne, der andere verlangt, dass ich diesen Wichtigtuer in seine Schranken verweise. Beide legen es verflucht noch mal darauf an, mich in Schwierigkeiten zu bringen. Und meine Vernunft hat schon Feierabend gemacht.

»Ist das überhaupt legal?«, murmele ich und setze die bestrumpften Füße auf den kalten Straßenbelag. Meine hochhackigen Schuhe habe ich zum Fahren lieber ausgezogen, was so ziemlich meine einzige, besonnene Entscheidung des Abends gewesen sein mag.

»Ich lasse Sie schon wissen, was jetzt gerade erlaubt ist und was nicht«, weist er mich zurecht, dass es mir heiß den Rücken hinab bis zwischen die Pobacken läuft. »Mit dem Gesicht zum Wagen, Füße schulterbreit auseinander, Hände auf den Rücken.«

»Ernsthaft!?«, keuche ich. »Hast du gesehen, was ich anhabe? Und du willst …?«

Mehr bekomme ich nicht raus, denn plötzlich ist da seine Hand an meiner Schulter, die mich herumwirbelt und gegen die Seite meines Wagens drängt. Eine feste, starke Hand, die an einem muskulösen Arm hängt, für den das Hemd auch wirklich keine Nummer kleiner sein dürfte.

Ich schnappe nach Luft, als er mich ohne Mühe mit einer Hand fixiert. Ich versuche zwar, ihn noch im Auge zu behalten, aber mehr als die feste Linie seines angespannten Kiefers und einen Hauch seines markanten Profils kann ich nicht erfassen, bevor meine kaum von einem Hauch Stoff bedeckten, vor Erregung schmerzhaft harten Nippel auf das kühle, unnachgiebige Metall des Autos treffen.

Shit, das tut gut! Ein Stöhnen entfährt mir. Was ... *nicht* gut ist! Nein, gar nicht gut!!

»Ma'am, ich muss Sie ...«, setzt er an und drückt mich erst so richtig fest gegen meinen Flitzer, weil mir wohl die Knie ein wenig schwach werden und ihm nicht gefällt, dass ich einknicke ...

Gott, ich weiß nicht, warum. Aber ich erlebe, was es auslöst! Die harte Hand; die Autorität, die von ihm ausgeht; die grobe Behandlung ... Das hat eine absolute Katastrophe zur Folge.

Hilflos muss ich miterleben, wie ich die Kontrolle über meinen Körper verliere. Als mich dieser verdammte Polizist fest gegen mein eigenes Auto drückt, entlädt sich die ganze Anspannung in meinem Körper in einem langersehnten, gerade höchst unwillkommenen und leider frustrierend *kleinen* ... Orgasmus!

Shit, ich bin so am Arsch!

ZWEITES KAPITEL

Mike

Das ist wirklich *ganz* toll! Einfach nur großartig. Ein absolut krönender Abschluss für den vielleicht beschissensten Tag des Monats. Ohne meine Ex-Frau wohl sogar den größten Scheißtag des Jahres …

Ich weiß nicht, was diese Tussi intus hat, aber es muss wirklich stark sein. Sie verhält sich völlig unberechenbar. Ich fasse sie praktisch mit Samthandschuhen an und drücke sie nur ein wenig gegen ihren Wagen, weil sie versucht sich fallenzulassen. Aber sie tut, als würde ich sie hier auf offener Straße verprügeln. Genau die Art von überprivilegierter ›Karen‹ also, die ich heute brauche.

Natürlich nehme ich ihr theatralisches Stöhnen und den plötzlichen ›Schwächeanfall‹ keine Sekunde lang ernst. Sie kann sich noch so schütteln und zittrig tun oder sich an ihrem Autodach festzuklammern versuchen, ich falle nicht auf diesen Scheiß rein. Aber ich richte mich jetzt schon mal auf eine Dienstaufsichtsbeschwerde ein. Androhen wird sie mir die todsicher gleich schon, aber man muss durchaus damit rechnen, dass solche Weiber dem auch Taten folgen lassen. Ich sollte also tunlichst von jetzt an alles perfekt nach Lehrbuch tun.

»Ma'am, beherrschen Sie sich bitte«, ringe ich mir ab und kämpfe mit der Frustration meiner Situation.

Während sie tatsächlich nach Luft schnappend durchatmet, schicke ich einen ausgesucht bösen Gedanken in Richtung meines Chefs. Natürlich bringt das nichts, aber ich wünsche ihm trotzdem eine Warze mitten auf der Eichel, die jedes Mal juckt, wenn er pinkeln will.

Es ist zum Kotzen! Natürlich hat sich der saubere Sheriff mal wieder das Wochenende freigenommen und will nicht gestört werden. Er muss sich schließlich immer von den harten Wochentagen erholen, an denen ... er auch keinen Handschlag tut, den er auf mich abwälzen kann. Was bedeutet, dass unser kleines, alles andere als feine Dorfrevier exakt *einen* Cop hat, der wirklich Dienst tut.

Und heute fehlt mir auch noch Debbie, die sonst immer absolut zuverlässig das Funkgerät besetzt. Sie ist der Kleister der das Desaster des STPD - *Shit Town Police Department*, soweit es mich betrifft - irgendwie davon abhält, in einer gewaltigen Explosion von Scheiße zu vergehen, die auf eine Ventilatorbatterie trifft. Aber heute Abend ist sie nicht verfügbar und ich stehe - entgegen jeder denkbaren Dienstvorschrift - völlig allein meinen Mann.

Es ist nicht ihre Schuld, dass ihrem fast erwachsenen Sohn die Scheiße und die Kotze aus beiden Enden schießen, weil er sich einen verfickten Virus eingefangen hat. Soweit ich weiß, ist es das erste Mal, dass sie sich überhaupt freinimmt.

Normalerweise steht sie Nacht für Nacht ihre Frau und man kann sich felsenfest auf sie verlassen. Heute bin ich allein …

Es bringt aber nichts, deswegen rumzujammern. Und sei es auch nur in Gedanken. Selbst wenn Bert - offiziell der dritte Polizist des Reviers - nicht die letzten Jahre vor der Pensionierung von Lehrgang zu Lehrgang tingeln würde, um es sich gut gehen zu lassen, wären wir unterbesetzt und ich wäre allein. Verstärkung anfordern, weil ich es mit einer Wichtigtuerin zu tun habe, die Alkohol, Drogen oder beides intus hat, käme so oder so nicht infrage.

»Ich frage noch einmal«, grolle ich und lasse einen Teil meiner Wut in meine Stimme einfließen, denn … warum zum Teufel sollte ich nicht? »Haben Sie Alkohol oder irgendwelche Betäubungsmittel konsumiert? Stehen Sie unter dem Einfluss bewusstseinsverändernder Mittel oder nehmen Sie Medikamente, die …?«

»Das habe ich doch wohl schon beantwortet, Officer!«, faucht sie mich noch ein wenig atemlos und verflucht giftig an. »Können Sie mich jetzt gefälligst loslassen und mir ein Ticket ausstellen, sodass ich nach Hause fahren kann?!«

»Bei Ihrem Fahrverhalten kann ich Sie keinesfalls die Fahrt fortsetzen lassen«, schnaube ich sofort. Schlangenlinien sind eine bei Weitem zu schwache Beschreibung der wilden Schlenker, die sie ihren Wagen machen ließ, als sie an mir vorbeifuhr. Was auch immer sie intus hat, sie ist eine Gefahr hinterm Steuer.

»Was soll das heißen?!«, keucht sie. »Wie soll ich denn sonst nach Hause kommen? Oder wollen Sie mich etwa festnehmen!?«

»Angesichts der Tatsache, dass ihr Fahrverhalten extreme Auffälligkeiten aufweist, Sie lediglich Unterwäsche tragen, während Sie eine Überlandfahrt machen und sich alles andere als kooperativ verhalten …«, setze ich an, ihr zu erklären.

»Nicht kooperativ!?«, unterbricht sie mich in diesem Ton, der in mir den Wunsch weckt, meinen Schlagstock als Meinungsverstärker zu ziehen.

Nicht, dass ich ihn bei einer Frau wirklich verwenden würde, aber es ist diese Stimmlage, die jeder Wichtigtuer im Repertoire hat, der meint, über dem Gesetz zu stehen und vor allem besser zu wissen, wie die Polizei ihren Job zu tun hat. Eben all die Leute, die ihr Jurastudium aus dem Fernsehen haben.

»Ich bin nicht kooperativ?«, wiederholt sie aufgebracht und will sich vom Auto abstoßen. »Ich habe ja wohl nichts Falsches getan und jetzt werde ich hier zum Opfer von Polizeiwillkür! Wahrscheinlich wollen Sie mir nur auf den Hintern starren, während Sie hier ihren Affenzirkus abziehen. Ich will Ihre Dienstnummer und Ihren Namen und dann …«

»Deputy Mike Olson«, knurre ich und drücke sie wieder hart gegen den Wagen, bevor ich ihr meine Dienstnummer aufsage. »Und was Sie alles getan oder nicht getan haben oder in welcher Weise Sie zu den Ihnen vorgeworfenen Handlungen Stellung beziehen wollen, können Sie dem Richter erzählen.«

»Wie bitte!?«

»Sie haben das Recht zu Schweigen«, beginne ich ihre Rechte zu zitieren. Auch wenn sie davon nicht viel mitbekommt, denn das weckt in dieser Tussi nun wirklich den Drang, sich freizustrampeln. Ich muss hart zupacken und sie nicht nur in die Knie zwingen, sondern bis auf den Boden runterringen, weil sie sich windet wie ein Aal.

Es wäre vielleicht sogar ein wenig befriedigend, wenn da nicht dieses kleine Detail wäre, das mich garantiert in

Schwierigkeiten bringt. So ein Gerangel ist alles andere als gut für die Art von hauchzartem Fummel, der ihre einzige Kleidung darstellt. Am Ende könnte sie daher ebenso gut nackt sein, denn ihre sicherlich sauteuren Dessous überstehen diese Auseinandersetzung *nicht*.

»Das wird ein Nachspiel haben!«, ächzt sie auf dem Boden liegend und windet sich mit auf den Rücken gefesselten Händen.

»Es reicht!«, fahre ich sie an und sie zuckt heftig zusammen. »Maul halten, jetzt!«

Nicht zum ersten Mal fällt mir auf, wie verdammt scharf sie im Grunde aussieht. Es müssen immer die heißesten Geschosse sein, die sich am meisten danebenbenehmen, wie es scheint. Aber das tut ihrer Wirkung keinen Abbruch, wenn ich sie so betrachte.

Was von ihrem Höschen übrig ist, bildet gerade noch so einen Rahmen für ihre knackigen Arschbacken, die trotz der unschmeichelhaften Haltung ziemlich gut rüberkommen. Ihre Beine sind lang und die leicht in Mitleidenschaft gezogenen Halterlosen streichen das noch zusätzlich heraus. Ich muss zugeben, ich bin neugierig, wie sie von vorne aussieht, nachdem ich mitbekommen habe, dass der ohnehin durchsichtige BH nicht nur verrutscht, sondern auch eingerissen ist. Und ich *werde* es herausfinden.

Ja, scheiß aufs Lehrbuch. Wenn sie Beschwerde einlegt, bin ich sowieso am Arsch. Ich hätte sie vermutlich einfach weiterfahren lassen sollen, als mir ihr Aufzug auffiel. Auch wenn das allein schon genug für eine Festnahme darstellt, wird sie mir garantiert sexuelle Belästigung vorwerfen. Die Sorte Angriff kenne ich ja schon, so wie ich auf ihren Typ Frau aus einigen Jahren immer hässlicher werdenden Ehe mit einer verfluchten, einheimischen Schönheitskönigin kenne, die kein Konzept dafür hatte, ihren Willen auch mal nicht durchsetzen zu dürfen.

Also, was solls? Ich kann sie ebenso gut auf die Beine bringen und einen guten, langen Blick auf alles werfen, was sie anzubieten hat. Wenn ich sowieso Ärger bekomme, spielt es eh keine Rolle.

Genau das ist es dann auch, was ich tue. Und die vermeintliche Lady, deren ganz persönlicher Duft sich nur als ›purer Sex‹ beschreiben lässt, schweigt für den Moment dazu. Sie wirkt sogar ein wenig … peinlich berührt?

Ich weiß nicht, was es ist, aber ihre lose Klappe bleibt geschlossen und ihre Wangen sind knallrot, als ich sie auf den Beinen und vor mir habe. Der Blick, den ich mir gönne, ist wirklich etwas für die mentale Wichsvorlagen-Ablage, das muss ich zugeben. Sie *ist* ein verdammt scharfes Geschoss.

Schlank, sportlich und mit aufsehenerregenden Rundungen in perfekter Größe an allen wichtigen Stellen. Ihre Brüste sind zwei gute Handvoll und die vermutlich von der Nachtkühle steifen Nippel wirken ziemlich einladend. Ebenso, wie …

Nun, ich weiß nicht genau, aber ihre Haltung? Sie hat zwar den Kopf etwas eingezogen und die Augen gesenkt, aber sie starrt mich durch ihre Wimpern von unten herauf auf eine Weise an, die den akuten Drang weckt, ihr einen dazu passenden Schwanz zwischen die vollen Lippen zu schieben. Das ist ein so starker Eindruck, dass sich in meiner Hose tatsächlich etwas rührt.

Die Art, wie sie vor mir steht, wirkt gleichzeitig verlegen, fast schon unterwürfig, und … *erregt*. Was völliger Unsinn ist, denn … Na ja, weil es eben Unsinn ist. Mein Instinkt für so was ist wohl mangels Nutzung mittlerweile völlig abhandengekommen. Ich schnaube nur über mich selbst, was sie wiederum zusammenzucken lässt. Aber sie weicht nicht zurück, also ist es zumindest kein Getue als habe sie Angst vor Polizeigewalt.

Nein, es wirkt wirklich, als wäre etwas anderes im Busch. Ich weiß nicht, warum ich einen Schritt auf sie zu mache, sodass ich eindeutig zu dicht vor ihr stehe, aber wie sie den Kopf leicht schräg legt und anhebt, um mich weiter von unten heraus anzusehen, das … *hat was!* Lange verloren geglaubte Begierden, die ich mit meiner Ex-Frau nie ausleben konnte, regen sich in mir. Aber das sind düstere und sehr, sehr unangemessene Gelüste, die ich ganz schnell wieder verdrängen muss.

»Ist das wirklich nötig?«, wispert sie, auf einmal ganz und gar nicht mehr so aufmüpfig. »Soll ich … *so* einem ganzen Polizeirevier vorgeführt werden?«

Ich kann den Eindruck nicht abschütteln, dass sie es sinnlich haucht, als wäre diese Vorstellung nicht das Horror-Szenario, nach dem es klingen sollte. Dieser Umschwung in ihrem Verhalten verwirrt mich völlig und ich denke nicht nach, bevor ich antworte.

»Das Revier gehört fürs ganze Wochenende nur mir«, brumme ich und sehe von ihren Augen noch einmal hinab zu ihren Brüsten, deren Nippel auf mich eindeutig noch praller und fester wirken, als zuvor. »Der Sheriff ist … unpässlich und sonst ist da niemand bis Montag.«

»Montag?«, japst sie leise. »Heute ist Freitag. Was ist mit … dem Richter?«

»Übers Wochenende zum Angeln«, antworte ich mechanisch und balle die Fäuste, weil ihre Körpersprache mir zuzuschreien scheint, ich solle sie anfassen. »Vor Montag passiert hier gar nichts weiter …«

»Du willst mich fürs ganze Wochenende festhalten? Ist das überhaupt … legal?«

»Was legal ist und was nicht, bestimme in den nächsten Tagen ich allein«, knurre ich blödsinnigerweise. Aber der Protest, der folgen müsste, bleibt aus. Stattdessen erschauert sie heftig.

Bevor ich etwas absolut Unverzeihliches tue, schüttele ich den Kopf und wende mich abrupt ab. Es ist so bezeichnend, wie es peinlich ist, dass ich von diesem kurzen, fast intim wirkenden Austausch einen Ständer in der Hose bekommen habe. Vielleicht legt sie es darauf an?

Blödsinn, sie ist nur … Ich weiß es auch nicht. Aber ich kann jetzt auch keinen Rückzieher mehr machen. Zumindest für die Nacht gehört sie in die Zelle, dann sehen wir weiter. Also lade ich sie in meinen *Cruiser* und kehre noch einmal zu ihrem Wagen zurück, um ihre Handtasche zu holen und das Auto abzuschließen. Danach gleite ich hinters Steuer meines Fahrzeugs und würde am liebsten tief seufzen.

Aber ich bin nicht allein. Ganz im Gegenteil! Ihre Augen ruhen über den Rückspiegel auf mir und beobachten mich genau. Darin scheint eine Art Glut zu glimmen, die mir nur die falschen Gedanken in den Kopf setzt. Aber abwenden kann ich den Blick auch nicht.

DRITTES KAPITEL

Kitty

Mit auf dem Rücken gefesselten Armen, und gespreizten Beinen, sitze ich in seinem Wagen. Es ist total ungemütlich und es zieht in den Schultern. Aber … verdammt, es ist einfach absolut geil!

Dieser Mann bringt alles in mir zum Klingen und Vibrieren. Auch wenn mir mein Verstand sagt, dass es nur die beiden Spielzeuge sein können. Und noch etwas sagt mir mein Kopf: dass ich nicht die Einzige bin, die eindeutig einen an der Waffel hat.

Ich habe doch kooperiert! Warum zum Fick lässt er mich nicht gehen, sondern schleppt mich jetzt noch mit aufs Revier? Der Abend war doch schon beschissen genug!

»Bekomme ich keine Decke?«, fauche ich und funkele ihn im Rückspiegel an.

Sein düsterer Blick trifft mich erneut bis tief ins Innerste und ich muss mich zusammenreißen, um nicht gleich wieder darunter zu zerfließen.

»Du hast dir keine Decke verdient!« Seine tiefe Stimme jagt mir einen Schauer über den Rücken.

Ich versuche, mir einzureden, dass es nur an der kühlen Luft aus der Klimaanlage liegt und nicht an ihm. Diese Frechheiten, die er sich herausnimmt, sind nämlich absolut unerhört.

Unsere Blicke treffen sich schon wieder im Rückspiegel und ich habe eine scharfe Erwiderung auf der Zunge. Doch sein Blick ist so intensiv, dass sich meine Pussy unwillkürlich lustvoll zusammenzieht. Sein komplettes Auftreten zwingt mich in die Knie und ich erkenne mich gar nicht wieder.

Tief einatmend reiße ich mich zusammen. »Ich habe Rechte!«

»Und Pflichten«, hält er sofort dagegen. »Kein Alkohol, keine Drogen und nicht in Unterwäsche hinterm Steuer!«

»Ich habe nichts genommen«, ereifere ich mich, obwohl mein Körper auf seinen tadelnden Tonfall viel zu sehr reagiert. Meine Pussy möchte am liebsten, dass ich mich reumütig auf die Knie begebe und ihn um Verzeihung anbettele. Die Stimme in meinem Kopf tobt dagegen. So eine Behandlung muss ich mir nicht gefallen lassen!

»Das werden wir sehen. Bis dahin … Klappe halten!«

Empört keuchend öffne ich den Mund, doch sein tiefes Grollen erstickt meine Erwiderung im Keim. Dann sehe ich das Ortsschild, das wir gerade passieren. Unwillkürlich drücke ich mich tiefer in den Sitz. Wenn man mich in diesem Aufzug in einem Polizeiwagen sieht … Was werden die Leute denken? Und warum macht mich selbst die Vorstellung noch zusätzlich an?! Verdammter Mist!

Mein Herz fängt an zu rasen und Schweißperlen bilden sich auf meiner Stirn. Wir fahren durch die Straßen und ich senke beschämt den Kopf. Bis mir klar wird, dass es Nacht ist. Kein Mensch ist unterwegs. Es ist ein absolutes Kaff. Ärgerlich über mich selbst, dass ich mir den Namen und die Einwohnerzahl beim Hineinfahren nicht angesehen habe, stelle ich bei genauerem Hinsehen ganz schnell fest, dass man hier schon bei Einbruch der Dunkelheit die Bürgersteige hochgeklappt hat.

Nicht lange und wir halten vor einem ziemlich kleinen, flachen Gebäude. Das verwitterte Schild, das es als Police Department ausweist, hat auch schon bessere Zeiten gesehen. Der Name der Stadt, der eigentlich am Anfang steht, ist so ausgeblichen, dass man nur ein ›S‹ vorne und das ›town‹ hinten erkennen kann. Ich muss mich beherrschen, um nicht dank meiner bisherigen Erfahrungen mit diesem Drecksloch den Ort im Geiste ›Shit Town‹ zu taufen …

Nachdem er den Motor ausgestellt hat und ausgestiegen ist, öffnet er die Hintertür und fasst nach meinem Arm. Ich komme kaum hinterher, so schnell zerrt er mich aus dem Wagen. Sein Griff ist fest und seine Hand so groß, dass die Finger selbst meinen Oberarm fast komplett umschließen. Kurz lenkt mich diese Tatsache von der rüden Behandlung ab. Holy Shit, was er damit alles machen könnte! Gott, ich stehe aber auch sowas von auf große Pranken.

Abgelenkt gerate ich ins Stolpern und stoße mir den Zeh am Bordstein. Weder hält er an, noch schenkt er meinem Fluchen irgendwelche Beachtung. Notgedrungen hüpfe ich neben diesem rücksichtslosen Idioten her. »Kannst du mal aufpassen, wo du mich hinführst?!«

»Schau gefälligst, wo du hintrittst«, murrt er. »Ich kann nichts für deine Unaufmerksamkeit oder dafür, dass du dir irgendwas eingeworfen oder hinter die Binde gekippt hast.«

»Ich habe nichts genommen. Wie oft soll ich es noch sagen?«, zische ich und versuche, den Schmerz auszublenden. »Dieses Dreckskaff hat offenbar die passenden Vollidioten zu seiner völlig verranzten Polizeiwache …«

Keine Sekunde später werde ich gegen die Hauswand gepresst. Sein muskulöser Körper drängt sich hart gegen meinen und fixiert mich.

Schmerz zieht wegen der gefesselten Hände durch meine Schultern und ich fühle die unebene Struktur der Wand. Kleine Steinchen drücken sich in meine Haut und doch nehme ich das alles nur am Rande wahr. Sein Körper, die Hitze, die von ihm ausgeht und wie er mich festhält - all das stimuliert meine Sinne. Augenblicklich verpufft die Empörung und ich werde Wachs in seinen Armen. Wobei das ganz sicher nicht seine Absicht ist, denn er funkelt mich ziemlich wütend an.

»Alkohol, Drogen, Erregung öffentlichen Ärgernisses und jetzt auch noch Beamtenbeleidigung? Du scheinst es tatsächlich drauf anzulegen«, grollt er.

»Auf was anzulegen?«, hauche ich atemlos.

Dabei sollte es mich erschrecken, was er gerade alles aufgezählt hat. Stattdessen spielt sich ein höchst erotisches Szenario in meiner Fantasie ab, das weder Strafzettel noch Richter enthält, sondern rein von Bestrafung und Unterwerfung handelt.

Es prickelt heftig in meinem Schritt und ich würde mich am liebsten an ihm reiben. Doch sein fester Griff und sein Körper auf mir, machen das unmöglich. Dafür zieht sich meine Muschi heftig um das immer noch vibrierende Ei zusammen und ich erschauere heftig.

Er öffnet den Mund und schließt ihn wieder. Seine Muskeln zucken, sein Griff an meinen Armen wird fester und meine Knie weicher. Jede Faser meines Körpers sehnt sich danach, dass er seine Hose öffnet, mich hochhebt und in mich stößt. Tief und hart.

Mein Kopf weiß, dass es wohl mit dem Vibroding in mir nicht klappen dürfte. Ich würde es allerdings drauf ankommen lassen. Ich bin vielleicht so spitz wie noch nie zuvor. Als Cop wird er das sicher nicht tun, aber das interessiert meinen Körper nicht. Wenn ich nicht gerade einen rauen Hals hätte, würde ich ihn anbetteln ...

»Verfluchte Scheiße!«, schnauzt er und löst sich von mir. Am Arm zerrt er mich mit zur Eingangstür. Seine Zähne knirschen, während er den Schlüssel hervorkramt und aufschließt. Dann schubst er mich geradezu hinein und schließt hinter uns wieder ab.

Ich dagegen fahre zu ihm herum und habe endlich meinen Kampfgeist wiedergefunden. »Sag mal, gehts noch?! Schubs mich nicht so herum!«

Sein Blick verdunkelt sich, sodass ich einen Schritt zurückweiche, bevor ich stehen bleibe und das Kinn nach vorn recke. Er kann sich doch nicht alles herausnehmen. Ich habe Rechte! Und keine Vorstrafen. Selbst wenn ich Alkohol oder Drogen genommen hätte - was ich verfickt noch mal nicht habe! - kann er mich nicht so behandeln.

»Hör mir mal gut zu, Officer Mike Ol...«

»Deputy«, unterbricht er mich mit tiefer Stimme und ich verliere den Faden, den ich gerade erst wiedergefunden hatte.

»Officer ... Deputy ... ist doch alles das gleiche« Ich versuche mit der Hand eine unterstreichende Geste, was natürlich durch die Fesseln nicht gelingt. »Würdest du mir mal die Handschellen abnehmen? Ich bin doch keine Schwerverbrecherin«, empöre ich mich und bin schon wieder meilenweit von den Vorwürfen entfernt, die ich auf ihn einprasseln lassen wollte.

»Das werden wir jetzt sehen«, grollt er und bugsiert mich durch den Vorraum, hinein in das altertümliche Büro. Drei Schreibtische stehen dort und auf ihnen antike Röhrenmonitore. Ein paar Topfpflanzen, die ziemlich vertrocknet aussehen, stehen in den Ecken. Einige Türen führen von dem viel zu kleinen Raum ab. An einer blättert der Schriftzug ›Sheriff‹ ab und bei einem ist nur noch ein ›W‹ zu erkennen.

Ich bleibe abrupt stehen und mir stockt der Atem, als ich die Zelle entdecke. Es ist wie in alten Western-Filmen. Hinter Gitterstäben sehe ich eine Pritsche auf der eine Decke liegt. In einer Ecke steht ein Eimer, sonst ist darin nichts zu finden. Wenn das die Ausnüchterungszelle ist … Ein Zittern geht durch meinen Körper.

»Setzen«, reißt mich die dunkle Stimme des Deputys aus meiner Starre. Er hat sich an einen der Schreibtische niedergelassen und zeigt auf einen Stuhl, der danebensteht.

»Erst wenn du mir endlich die verdammten Handschellen abnimmst«, beharre ich auf meine Forderung und bleibe stehen, wo ich bin.

Er sieht mich mit hochgezogener Augenbraue an und sagt nichts dazu.

»Ich kann weder weglaufen, noch … noch bin ich stark genug, um dich zu überwältigen.« Ich werde unter seinem intensiven Blick unsicher und muss schlucken. »Außerdem tut es weh«, setze ich ziemlich kleinlaut hinterher.

Kurz sieht er mich weiter stumm an, wobei seine Augen über meinen Körper wandern. Schon ist mir nicht mehr ganz so sehr zum Heulen zumute ist. Die Hitze, die sein Blick gleich wieder anfacht, hilft zumindest gegen die Verzweiflung, die wegen dieser ganzen Scheiße aufkommen will. Am liebsten würde ich den Kopf über mich schütteln. Ich verwandele mich von einer Sekunde zur anderen von einer notgeilen Nymphomanin zur Zicke und mache gelegentlich einen Abstecher zur Memme.

Als er aufsteht, vergesse ich auch diesen Gedankengang gleich wieder, denn plötzlich steht er im besten Licht und ich kann ihn zum ersten Mal wirklich betrachten. Im Licht und in voller Größe. Wie kann nur so ein verdammt heißes Bild von einem Mann in dieser Klitsche von Polizeirevier in einem Kaff am Arsch der Welt versauern?

Ach ja, richtig, er ist ein ungehobeltes Arschloch und wurde wahrscheinlich hierher strafversetzt. Das muss es sein. Und recht geschieht es ihm. Vielleicht hat er sich ja schon mal an einer Verdächtigen vergriffen, wie er es hoffentlich bei mir noch tun wird ... Gott, was denke ich denn da!?

Er bewegt sich geschmeidig wie ein Raubtier auf mich zu, während seine Augen weiterhin meinen Körper abtasten. Ich meine jeden seiner Blicke auf mir zu spüren und unter ihnen fühle ich meine Brustwarzen hart werden, meinen Kitzler pochen und ein Kribbeln, wie ein warmer Regenschauer, über meine Haut laufen.

Er geht nicht an mir vorbei oder lässt mich umdrehen, sondern greift mit beiden Händen um mich herum. Tief atme ich den herben Duft seines Aftershaves ein. Alles an ihm ist verdammt männlich. Schon wieder läuft ein Zittern durch meinen Körper. Nicht vor Angst, sondern voll lustvoller Erregung.

Seine Vorderseite presst sich gegen meine und ich beiße mir auf die Lippe, weil sein Hemd über meine Nippel reibt. Scharf holt er Luft und ich fühle seine Finger an meinen Handgelenken. Und noch etwas fühle ich. An meinem Bauch. Wenn er keinen Gummiknüppel in der Hose versteckt, dann muss das eine ziemlich ansehnliche Erektion sein.

Gott, wenn er mich jetzt auf die Knie zwingen würde ... Ich wäre gar nicht in der Lage, auch nur über Widerstand nachzudenken. Das ist ein so geiler Gedanke, dass ich Nässe an meinem Innenoberschenkel hinabrinnen fühle. Er müsste mich nur runterdrücken und seine Hose öffnen. Dann könnte er seine Finger in meinem Haar vergraben und ich würde ihm noch stöhnend zujubeln, wenn er mir seinen offenbar großen Prügel bis zum Anschlag in den Rachen schieben würde.

Das wäre perfekt und mir wird schwindelig vor lauter Vorfreude auf so ein heißes Abenteuer. Stattdessen höre ich das Klicken der Handschellen und kurz darauf ist das Metall an meiner Haut verschwunden. Er tritt von mir weg und begibt sich zurück zu seinem Schreibtisch. Der Moment ist vorüber und er sieht mich stirnrunzelnd an, während ich ihn möglicherweise fuchsteufelswild anfunkele, weil ich nicht kriege, was wir eindeutig beide wollen.

Ich reibe mir die Handgelenke, während sich die Zicke wieder in mir regt. Was kann ich denn dafür, dass er sich nicht wie ein normaler Cop verhält? Und ich kann doch auch nichts dafür, dass ich dauergeil bin, wenn er mich auch nur ansieht. Geschweige denn, dass mein Körper ihm nicht widerstehen kann, wenn er mich berührt.

Er hat sich sicherlich nicht tagelang das Masturbieren verboten. *Er* hat keine vibrierenden Spielzeuge in sich. Und *er* steht vielleicht auch gar nicht auf die richtig harte Gangart. Auch wenn er mich immer wieder ziemlich grob anpackt. Möglicherweise will er damit einfach seinen Frust an mir abreagieren?

Na, er hätte mich ja einfach weiterfahren lassen können. Ganz genau! Ich straffe die Schultern, gehe hoch erhobenen Hauptes zum Stuhl und setze mich aufrecht hin. Seine linke Augenbraue zuckt kurz nach oben, dann wendet er sich seinem Computer zu.

»Name?«, brummt er und schaut auf den Bildschirm.

»Wofür brauchst du den?«, frage ich schnippisch und verschränke die Arme vor der Brust.

»Für die Akten.«

»Du willst das wirklich durchziehen?«, keuche ich. »Mach einen Alkohol und Drogentest. Du wirst schnell feststellen, dass das ausscheidet. Und nur weil ich … etwas fallengelassen habe und danach suchte, hat der Wagen einen Schlenker gemacht.« Ich weiß nicht, was ich gedacht habe, aber irgendwie habe ich wohl die ganze Zeit gehofft, dass er mir nur einen Schreck einjagen möchte, oder …

»Die Tests kommen noch. Wenn sie anschlagen, führt das auf jeden Fall zu einem Verfahren«, erwidert er grimmig. »Gab es einen Notfall, wegen dem du mit Unterwäsche hinter dem Steuer gesessen hast?«

»Ich … nein … ja«, stammele ich jetzt völlig überfahren.

»Was denn nun?«

»Ähm, na ja, ich habe meinen Mantel auf … seiner Fußmatte liegengelassen, als ich … die Flucht ergriffen habe.«

Sein Kopf ruckt vom Bildschirm zu mir und er starrt mich an. »Du wurdest angegriffen?«

Scham brennt auf meinem Gesicht. »N-nein. Er … Er hat sich als … Mogelpackung herausgestellt.«

»Inwiefern Mogelpackung? Und wer?«

Abwartend sieht mich der Deputy an. Okay, das ist jetzt echt unangenehm. Soll ich ihm etwa erzählen, dass ich mir den Arsch versohlen lassen wollte? Kann die Nacht eigentlich noch beschissener werden?

»Er war online ganz anders«, gebe ich zu und weiche seinem Blick aus.

»Du hast also jemanden online kennengelernt und dich zu einem Date verabredet«, fasst er zusammen und ich muss wohl oder übel nicken. Woraufhin er heftig den Kopf schüttelt. »Du fährst in so einem Aufzug im Dunkeln zu einem Typen, den du nie zuvor gesehen hast?! Wozu gehen wir eigentlich dauernd in die Schulen und reden uns den Mund fusselig, wenn sogar eine erwachsene Frau sich so himmelschreiend leichtsinnig verhält? Ist dir nicht klar, was für ein Risiko du damit eingehst?! Der Typ hätte Gott-weiß-was mit dir anstellen können!«

»Der Typ ganz sicher nicht«, winke ich ab.

»Und woher willst du das so genau wissen?«, fährt er mich hart an. »Du könntest jetzt gefesselt und geknebelt in einem Kellerloch liegen und irgendein Wahnsinniger macht mit dir, was auch immer er will!«

»Schön wärs!«, platzt es aus mir heraus. »Ich wollte kein beschissenes Date! Ich wollte knallharten Sex mit jemandem, der es mir so richtig heftig besorgen kann und sich keine Widerworte geben lässt. Ohne dauernd gefragt zu werden, ob das noch okay ist oder schon zu viel. Ohne ein verficktes Safeword. Einfach so richtig benutzt werden von jemandem, der das wirklich drauf hat.

Leider war der Blödmann nur ein weinerlicher, jämmerlicher Waschlappen. Wenn er mich einfach gepackt und in eine Zelle gesperrt hätte, wäre das genau das gewesen, was ich haben wollte. Jedenfalls … solange er mich ficken und nicht aufschlitzen will …«

Frustriert aufstöhnend lasse ich den Kopf in die Hände sinken und fühle die Hitze der Scham, weil ich all das einem Wildfremden erzähle, der mir zu allem Überfluss eine Anzeige aufbrummen will. Es ist wirklich der absolut beschissenste Tag des ganzen, bisherigen Jahrtausends!

»Und du willst mir erzählen, dass du nicht unter dem Einfluss irgendwelcher Drogen stehst?«, schnaubt der beschissene Blödian ungläubig und starrt mich fassungslos an. »Hörst du dir mal zu?«

»Die einzige Droge, unter der ich stehe, ist unbefriedigte Geilheit, gottverdammt!«, fauche ich ihn an. »Ich habe mich tagelang nicht angefasst, weil ich es nicht durfte. Und dann ist nicht nur dieser Typ ein Komplettverlust, sondern mir muss auch noch der einzige Cop auf dem Planeten über den Weg laufen, der Anstoß an etwas nackter Haut nimmt und gleichzeitig ein Grobian und Weichei ist! Was stimmt nicht mit dir?!«

VIERTES KAPITEL

Mike

Ungläubig starre ich die unfassbare Frau an, die mir gerade die Details ihres Sexlebens um die Ohren geprügelt hat, als wäre das ein passendes Thema für einen Ausraster gegenüber einem Polizisten. Und dabei kann ich an nichts anderes denken, als wie unwahrscheinlich scharf ich sie finde und wie sehr ihre absurde Wut ihre ohnehin schon erhebliche Schönheit noch unterstreicht.

Mit Augen, die Blitze verschießen, wirft sie mir vor, ein Grobian und ein Weichei zu sein. Beides … stimmt. Ich weiß seit Jahren, dass mich meine Ehe meine Eier gekostet hat, und ich habe heute jedes Maß überschritten, indem ich dieses Weibsbild absolut unangemessen behandelt habe. Aber ich kann nur daran denken, wie bei allem Zorn, den sie da entlädt, ihre Nippel auf den festen Brüsten nicht aufhören wollen zu stehen.

Ich glaube ihr, dass sie spitz wie sonst was ist. Ich habe die ganze Zeit über gezweifelt, aber man kann es nicht nur sehen, sondern sogar riechen. Das ist es, was ich sofort wahrgenommen habe, als sie ihr Fenster endlich runtergelassen hat. Neben ihrem Parfüm, das ich als sauteuer erkenne, weil ich einmal so blöd war, ein Fläschchen davon meiner Ex-Frau zu schenken. Aber sie hat den Geruch so sehr gehasst, wie ich auf ihn stehe …

Geilheit. Das ist es, was diese verrückte Furie auch bei mir weckt. Ihre Schenkel sind feucht und ich weiß, was das ist, was da schimmert. Ein Teil von mir will sie packen und über den Tisch legen, um sie von hinten zu nehmen. Ohne um Erlaubnis zu fragen. Aber damit wäre ich endgültig geliefert. Falls ich das nicht so oder so schon bin.

»Was mit mir nicht stimmt?«, fahre ich sie an, als ich endlich die Wut wiederfinde, die ihre Frechheiten in mir wecken. »Ich bin nicht praktisch nackt durch die Pampa gerast und Schlangenlinien gefahren. Ich bin nicht so saudämlich, in so einem Schlampenaufzug zu einem Blind Date mit einem Fremden zu gehen.«

»Mein Aufzug und mein Sexleben gehen dich einen Scheiß an!«, zischt sie mich an.

»Und genau da irrst du dich, denn solange ich hier Diensthabender bin, ist das hier mein Revier«, knurre ich. »Und wenn jemand sich Öffentlicher Unzucht schuldig macht, geht mich das eine Menge an. Von der Verkehrsgefährdung mal ganz zu schweigen. Hast du es dir etwa während der Fahrt besorgt? Das Märchen mit dem ›etwas vom Boden aufheben‹ soll ich dir ja wohl nicht wirklich glauben, oder?«

»Du blödes Arschloch!«, keucht sie.

»Mh-hm, noch eine Beamtenbeleidigung.«

»Was ist mit deinem Verhalten, hm?«, will sie wissen. »Ist es in Ordnung, mir die Unterwäsche zu zerreißen und mich dann überall nackt durch die Gegend zu zerren? Das sollte sich dringend mal ein Anwalt anhören.« Sie stockt. »Hey, steht mir nicht ein Anruf zu?«

»Wenn du dem Haftrichter vorgeführt worden bist«, kläre ich den Filmmythos knapp auf. »Bis dahin hast du das Recht zu schweigen und ich kann dich festhalten, solange es notwendig ist. Für den Moment ... ist das eindeutig der Fall, denn du bist ganz klar nicht zurechnungsfähig.«

»Das ist jetzt nicht dein Ernst!«, empört sie sich und will aufspringen.

»Hinsetzen!«, donnere ich in voller Lautstärke und mit bestem Kasernenhofton.

Erstaunlicherweise ... wirkt das. Sie sitzt sogar schneller, als sie es auf die Beine geschafft hat. Mit großen Augen blinzelt sie mich an, nachdem ein leises Stöhnen über ihre Lippen gekommen ist. Immerhin, der Kommandoton wirkt bei ihr echte Wunder.

»Hör mal ...«, versucht sie es nach einem Moment versöhnlich.

»Name?«, fordere ich knapp und wende mich wieder dem Computer zu, der seit meiner Ankunft ein leises Summen von sich zu geben scheint, das mir noch zusätzlich den letzten Nerv raubt.

Das ist neu, aber nicht überraschend bei der alten Hardware, die dieses Revier benutzt. Ich setze es auf die geistige Liste der Dinge, die irgendwann erledigt werden müssen.

»Das ist doch alles lächer...«, protestiert sie.

»Name!?«

»Weißt du was ... Du kannst mich mal. Ich sage dir gar nichts mehr«, verkündet sie und verschränkt die Arme.

Unter ihren Brüsten und nicht etwa darüber. Was die festen Hügel ziemlich gut in Szene setzt. Aber ich bin fertig damit, mich von ihr an der Nase herumführen zu lassen. Ich muss nur ... die Willenskraft finden, auch nicht mehr hinzusehen.

»Fein«, grolle ich und stehe auf.

Sofort zuckt sie zusammen und kurz starrt sie mir geradezu fiebrig entgegen, bevor sie atemlos abwartet, was ich vorhabe. Was ... ich selbst noch nicht so genau weiß, bis mein Blick die alte Zelle streift, die zum ursprünglichen Revier gehört hat.

›Das kannst du nicht bringen‹, mahnt mich ein letzter Rest von Vernunft in meinem Kopf. ›Du hast schon zu viele Grenzen überschritten. Lass sie einfach gehen und vielleicht reicht sie keine Dienstaufsichtsbeschwerde gegen uns ein, die uns das Wenige kostet, was wir noch haben.‹

›Ich habe die Schnauze voll davon, mir von arroganten Miststücken auf der Nase rumtanzen zu lassen‹, informiere ich mich selbst über meinen Entschluss, weiter mit dem Kopf gegen die Wand anzurennen. ›Dieses Weib legt es darauf an, sich mit mir anzulegen. Das kann sie haben.‹

»Aufstehen«, fordere ich von ihr und warte nicht, ob sie Folge leistet.

Sie atmet zischend ein, als ich ihr in den Nacken greife und sie hochzuziehen beginne. Es ist eine absolut undenkbare Unverschämtheit, die ich mir da erlaube. Aber nicht die Erste an diesem Abend. Ich bin versucht, sogar noch weiter zu gehen. Aber es gibt Grenzen, die ich nicht überschreiten würde, egal wie wütend ich auch sein mag. Schließlich bin ich kein Monster.

Wenn ich nur wüsste, dass ihre Worte wirklich wahr sind und sie sich tatsächlich ersehnt, was sie da behauptet hat. Dann ... Ja, was dann? Hätte ich noch genug Eier, sie mir einfach zu nehmen? Oder würde ich doch nur kneifen, wie ich es schon so lange dauernd tue? Ich weiß es nicht. Und es spielt auch keine Rolle.

Ich schiebe sie vor mir her zu der Zelle, die technisch gesehen gar nicht mehr benutzt werden darf. Die Pritsche darin dient mir als Bett, wenn ich Doppelschichten schieben muss. Also dauernd. Aber dafür finde ich schon noch eine Lösung. Jetzt will ich dieses aufmüpfige, widerborstige, garstige Weib darin wissen. Ob das angemessen oder auch nur erlaubt ist, geht mir am Arsch vorbei. Sie ist es doch, die sich eine Zelle gewünscht hat.

Ich rechne mit Gegenwehr, aber solange ich sie im Nacken gepackt halte, folgt sie mir wie perfekt dressiert. Sie ist dabei verflucht angespannt und geht sogar auf Zehenspitzen und mit geschlossenen Augen. Beinahe lasse ich sie versehentlich gegen das Gitter rennen, statt durch die Tür. Erst als ich sie loslasse, findet sie wieder zu sich und fährt auch gleich zu mir herum.

»Hast du den Verstand …?!«, faucht sie.

Die Zellentür knallt zu und schneidet ihr das Wort ab. Das Grinsen, das sich auf meine Lippen schleicht, ist so bösartig wie unangemessen. Aber es fühlt sich gut an, während es mich gleichzeitig zutiefst beschämt.

»Du wolltest doch in eine Zelle.«

»Jetzt sei doch bitte vernünftig«, bittet sie verunsichert und greift nach den Gitterstäben.

Ein Fehler, denn es bringt mich auf eine Idee, die so verrückt ist, dass ich mich selbst beinahe davon abhalten kann. Aber auch nur beinahe.

Sie ist zu überrascht, als ich ihre Handgelenke packe, um sie zu mir zu ziehen. Es dauert, bis sie begreift, was ich damit bezwecken könnte. Genug Zeit, ihr die Handschellen wieder anzulegen. Und zwar, während ihre Arme durch die Gitter reichen, womit ich sie praktisch an einen mir zugewandten Stehplatz fessele.

Als ich mich danach einfach umdrehe und weggehe, gibt sie einige erstickte Geräusche von sich, aber kein weiteres Wort. Ich nehme an, sie ist sprachlos. Und es ist absurd, wie gut ich mich deswegen fühle. Ich erkenne mich gerade selbst nicht wieder, so absolut mies und beschissen sind meine Laune und mein Verhalten …

Mich draußen vor dem Revier abzukühlen ist schwieriger, als ich erwarte. Nicht zum ersten Mal frage ich mich, ob ich mit dem Rauchen anfangen sollte. Praktisch jeder Erwachsene in diesem Drecksloch am Arsch der Welt tut es und es würde mir jetzt gerade etwas zu tun geben. Ich weiß nämlich nichts mit mir anzufangen und finde keinen Weg, mich vor mir selbst und meinem unmöglichen Benehmen zu verstecken …

Frustriert wende ich mich meinem alten, aber zuverlässigen Cruiser zu und öffne die hintere Tür. Es ist Routine, den Rücksitz mit dem stabilen Käfig darum zu überprüfen, nachdem ein Gefangener transportiert wurde. Manchmal sind die Verdächtigen nicht gerade sauber oder haben nicht die volle Kontrolle über ihre Körperfunktionen. Daher ist alles im hinteren Teil des Fahrzeugs leicht zu reinigen, auch wenn es seine besten Tage lange hinter sich hat.

Ich sollte nicht erstaunt sein, dass ich von der Frau in der Zelle, die mir solches Kopfzerbrechen bereitet, Spuren finde. Ich habe es bereits wahrgenommen und da ist ein weiterer Beweis: In der Mitte der Sitzfläche gibt es Spuren von Feuchtigkeit auf dem Kunstleder. Ich weiß, was das ist. Und mein Schwanz weiß es auch. Er will nicht aufhören, schmerzhaft in meiner Hose zu pochen und sich gegen die Enge aufzulehnen.

Verfluchte Scheiße aber auch! Das ist vielleicht das geilste Weib, das mir je untergekommen ist. Und ihre Sprüche über das, worauf sie steht, treffen so unwahrscheinlich genau ins Schwarze, was meine lange unterdrückten Vorlieben angeht, dass es schon fast unheimlich ist.

Ich darf nicht daran denken, dass sie praktisch nackt und in gewisser Weise ihren eigenen Worten nach sogar vielleicht irgendwie willig am Gitter der alten Ausnüchterungszelle gefesselt steht. Sie hätte keine Möglichkeit, sich mir zu entziehen oder auch nur Widerstand zu leisten. Ich könnte einfach in den Verschlag treten, meine Hose aufmachen und - wenn ich die Spuren im Cruiser und was ich gesehen habe bedenke - problemlos, weil von viel Lustsaft geschmiert, mein Ding in sie schieben. Es wäre so verfickt leicht …!

Das Vibrieren meines Handys erwischt mich so kalt, dass ich Herzrasen bekomme. Es erklingt in dem Moment, wo ich den Kampf gegen meine verbotenen Begierden gerade verliere. Wie das leibhaftige, schlechte Gewissen ziehe ich das Smartphone aus der Tasche und schaue, wer mich anruft. Fuck! Debbie!

»Ja?«, brumme ich so gelangweilt wie irgend möglich, um mir die Anspannung nicht anmerken zu lassen.

»Alles gut bei dir, Mike?«, erkundigt sich die mütterliche ›Gute Seele‹ des Reviers fürsorglich.

»Das sollte wohl eher ich dich fragen, Debs«, tadele ich mit einem ehrlichen Lächeln. »Du bist diejenige mit einem kranken Sohn daheim.«

»Ach, Tyler wird es überstehen«, beschwichtigt sie. »Aber es geht ihm wirklich nicht gut, das stimmt. Ich will dich nicht mit Details belästigen, die selbst mir ein wenig zu ekelig sind. Der Arzt meint, es wird wohl ein Virus sein.«

»Oh?«, mache ich und verleihe dabei meiner leichten Sorge und meinem Mitgefühl so gut wie möglich Ausdruck.

»Ja, deswegen …« Sie zögert spürbar und ich weiß bereits, was kommen wird. Schnell nehme ich ihr ab, was ihr unendlich unangenehm sein muss.

»Debs, du bleibst zu Hause und kümmerst dich um Ty. Das ist absolut in Ordnung. Ich komme hervorragend zurecht.« Kurz muss ich mich räuspern, denn diese Lüge geht mir nicht glatt von der Zunge. Aber es ist immerhin wahr, dass ich sie hier gerade absolut nicht gebrauchen kann. Nicht auszudenken, wenn sie überraschend hineinspazieren und mitansehen würde, wie ich jede Dienstvorschrift der Welt und auch jeden Anstand bei der Behandlung der Gefangenen ignoriere.

»Bist du sicher, Mike?«, fragt sie scharf nach. »Ich könnte vielleicht Elora oder eine andere Freundin überreden, mich zu vertreten, sodass du zumindest nicht völlig allein die Stellung halten musst. Ich selbst … sollte mich nicht blicken lassen, solange ich vielleicht ansteckend bin. Du willst ganz bestimmt nicht durchmachen, was Tyler gerade erlebt.«

»Himmel, nein«, stimme ich zu und schüttele mich kurz bei der Vorstellung, einer schwere Magen-Darm-Infektion. Meine einzige, bisherige Erfahrung damit war bei einem Säugling und das war so einschüchternd wie … widerlich. »Nein, ich komme wirklich zurecht. Es ist praktisch nichts los. Falls wirklich etwas sein sollte, werde ich eben unseren sauberen Sheriff holen und mit einem Eimer Eiswasser ausnüchtern.«

Debbie kichert bei der Vorstellung und mir fällt auf, wie müde sie davor geklungen hat, als ich es höre. Sie atmet deutlich erleichtert auf und ich weiß, dass es so oder so das Richtige ist.

»Mach dir keine Gedanken. Sollte irgendwas sein - ich meine, wenn ich etwas nicht finde oder doch noch eine helfende Hand brauche - melde ich mich entweder bei dir oder ich zitiere eben Britany hierher. Aber das ist ein Plan für den absoluten Notfall.«

Debbie schnaubt auf ihre unnachahmliche Weise und bestätigt mir damit, was ich schon über ihre Meinung zu unserer Wochentags-Besetzung für das Funkgerät weiß. Wir halten beide nicht viel von der Nichte des Sheriffs, die sich ein wenig Taschengeld mit etwas verdient, was man nur mit maximalem Wohlwollen als Arbeit bezeichnen kann. Jedenfalls so, wie sie es tut.

»Na gut, Mike. Ich vertraue dir. Ich gebe zu, ich bin ein wenig erleichtert. Aber wenn du am Montag verhungert oder verdurstet oder mit einer Kaffee-Überdosis im Revier liegst, kriegen wir eine Menge Ärger miteinander. Verstanden?«

»Yes, Ma'am!«, bestätige ich grinsend. »Und jetzt kümmere dich um Tyler und sieh zu, dass du selbst eine Mütze voll Schlaf bekommst.«

»Ist gut«, lacht sie. »Und … Danke, Mike. Du bist ein Guter.«

»Und du bist die Beste«, gebe ich schnell zurück, bevor sie rührselig wird, weil ich ihr mit meiner beknackten Familiensituation und dem ganzen Sorgerechtsgestreite und allem wieder leidtue.

Nach dem Gespräch fühle ich mich besser. Für ein paar Sekunden weiß ich gar nicht, warum ich so angespannt war. Aber dann fällt mir die nackte, vor sexueller Erregung buchstäblich auslaufende Verrückte ein, die ich aufrechtstehend an ein Gitter gefesselt habe.

Leise stöhnend wende ich mich dem Eingang zum Revier zu und stelle mich den Dingen, die ich tun muss. Es ist lange genug so aus dem Ruder gelaufen. Zeit wieder ein anständiger Polizist zu sein und kein missbräuchliches Stück Dreck.

Alle guten Vorsätze und überhaupt jeder sinnvolle Gedanke in meinem Kopf sind von einem Moment auf den anderen wie weggewischt, als ich durch das Sichtfenster in der Zwischentür zum Hauptraum einen Blick auf das Geschehen werfen kann, bevor ich ganz eingetreten bin.

Sie steht ganz dicht am Gitter und drückt sich dagegen, wodurch ihre Brüste in die Zwischenräume zwischen den Stäben gepresst werden. Das macht sie noch viel praller und lässt die harten Nippel geradezu hervorstechen. Zusammen mit ihrer leicht schweißfeuchten Haut, die im Licht glänzt, ist es ein unglaublich erotisches Bild.

Was sie damit bezweckt, begreife ich allerdings nicht. Sie scheint zu versuchen, mit den Händen ihren Schoß zu erreichen. Was wegen der horizontalen Querverstrebung auf Bauchhöhe und der Kette zwischen den Schellen an ihren Handgelenken völlig unmöglich ist.

Weniger reizvoll wird der Anblick ihrer verzweifelten Anstrengungen dadurch aber nicht. Ist sie so von Sinnen, dass sie sich unbedingt selbst berühren muss? Oder hat sie doch etwas intus, was ihr die Zurechnungsfähigkeit raubt? Meinem Schwanz ist das scheißegal, denn das Bild ist einfach nur irrsinnig scharf. Langsam schiebe ich die Tür auf, um einen noch besseren Blick darauf zu bekommen.

»Das wird aber auch Zeit!«, faucht sie mich an, kaum dass ich die Tür einen Spalt weit geöffnet habe. »Ich bestehe darauf, dass du mich gefälligst sofort losmachst, du beknackter Vollidiot! Das ist ja wohl unmöglich! So etwas darfst du nicht! Das muss ich mir nicht bieten lassen, du dummdreister Flachwichser!«

Und zack! Alle guten Vorsätze in mir, die den Anfall von Geilheit wegen ihrer Show noch überstanden haben mögen, sind auch gleich wieder vom Tisch. Übrig bleibt eine Art sadistischer Wut, die ich wirklich nicht von mir kenne, der ich aber auch praktisch hilflos ausgeliefert bin.

»Du hast dir das alles selbst zuzuschreiben«, knurre ich. »Öffentliche Entblößung, Beamtenbeleidigung, Widerstand gegen die Staatsgewalt …«

»Bist du völlig bescheuert!?«, zischt sie und starrt mich fassungslos an »Wo habe ich denn Widerstand geleistet? *Du* bist doch derjenige, der sich hier alles rausnimmt, du dummer Affe! Ich will sofort losgemacht werden!«

Warum mich ihre albernen Beleidigungen so aufregen, weiß ich nicht, aber sie bringen mich praktisch zur Weißglut. »Name?«, grolle ich und knirsche mit den Zähnen.

»Fick dich!«

»Dann bleibst du in … Beugehaft«, versetze ich hart. Das mag ich mir aus dem Arsch ziehen, aber ich bin bereits zu weit gegangen, um mich noch um Vorschriften zu scheren.

»Beuge-was?!«, keucht sie. »Das ist doch … So etwas gibts doch überhaupt nicht. Das denkst du dir doch aus!«

»Solange du nicht kooperierst …«, brumme ich.

»Das ist Gewaltmissbrauch oder so! Ihr scheiß Cops verdient den ganzen Shitstorm, den ihr wegen der verfickten Polizeigewalt kassiert. Ihr seid doch alle gleich, ihr Nazis!«

»Das reicht!«, donnere ich und knalle die Faust auf meinen Schreibtisch.

Zu meiner Befriedigung zuckt sie heftig zusammen und starrt mich dann auf diese seltsame Weise an, die mich nur noch mehr aufregt. Oder … vielleicht ist *auf*regen nicht das richtige Wort dafür. Es bringt alles in mir in Wallung und ich fühle ein Pulsieren in meinem schmerzenden Ständer.

Mit einer harten Bewegung greife ich mir das Kit für den Drogen-Schnelltest vom Tisch. Mit schnellen Schritten bin ich bei ihr und fummele etwas fahrig einen der Teststreifen aus der Packung. Direkt vor ihr kann ich sie nicht nur wirklich deutlich riechen, sondern sogar eine Hitze spüren, die sie abstrahlt. Die Packung, die ich nicht mehr brauche, lasse ich zu Boden fallen, während sie mich mit großen Augen beobachtet.

»Du wirst diesen Drogentest machen«, knurre ich sie an und greife durch das Gitter, um ihren Nacken zu packen.

Heftig aufkeuchend lehnt sie sich nicht so sehr gegen den groben Griff auf, wie in ihn hinein. In ihren Augen blitzt es auf, während sie sich gleichzeitig auch zu vernebeln scheinen. Ein leises Stöhnen entkommt ihr, als ich sie hart an die Gitterstäbe ziehe.

»Mund auf!«

Sie kann bei meinem festen Griff den Kopf nicht schütteln, aber ich spüre den Impuls und sehe die fest zusammengepressten Lippen. Kampfgeist steht in ihrem Blick, aber sie hat sich für die falsche Schlacht entschieden, die sie unbedingt austragen will. Das Stäbchen in meiner Hand funktioniert mit Speichel, aber auch mit Schweiß und im Grunde jeder Art von Körperflüssigkeit. Dafür ist es nicht besonders zuverlässig, aber … es geht mir nicht wirklich um ein Ergebnis, wenn ich ehrlich bin. Ich will … ihr meinen Willen aufzwingen und sie unterwerfen.

»Dann muss ich an anderer Stelle eine Probe nehmen«, knurre ich und fletsche die Zähne zu einem boshaften Grinsen.

Sie reißt die Augen noch weiter auf, als sie mit Verzögerung zu begreifen beginnt, warum sich meine Hand mit dem

Teststäbchen nach unten bewegt. Aber sie hat keine Chance, sich zu entziehen. Ihre Hände sind außerhalb der Zelle zusammengefesselt und ich presse sie ans Gitter. Sie kann *nichts* tun.

Ein Teil von mir schreit auf, als ich noch eine Grenze überschreite, die mir eigentlich heilig ist. Ein anderer Teil stöhnt einfach nur. Es ist dieser Teil, der die Kontrolle über mich hat. Also kommt mir auch über die Lippen, was ich empfinde, als ich ihr mit dem Stäbchen am Zeigefinger liegend zwischen die Beine greife und meine Hand auf ihre heiße Nässe und das zitternde Fleisch ihrer Pussy trifft.

Heilige Scheiße!

Sie ist klatschnass und glüht. Aber was mich noch mehr erstaunt ist das Beben. Sie vibriert richtig da unten! Mein Gott, ist das eine scharfe Braut! Und ich ... verlasse ihr gegenüber gerade den Bereich der sexuellen Belästigung und begebe mich in verficktes Übergriffs-Territorium.

»Fuck!«, keucht sie und spannt sich an.

»Scheiße«, ächze ich gleichzeitig.

Wie von selbst bewegt sich mein Zeigefinger durch ihre Spalte und reibt über ihren Kitzler.

»Oh-Gott!«, stößt sie aus und hebt sich auf die Zehenspitze. »Oh-Gott-oh-Gott!«

Dann verdreht sie die Augen und ihr Kopf fällt in den Nacken. Ich muss sie nicht mehr ziehen, denn sie packt meinen Hosenbund und zieht sich aus eigener Kraft hart zu mir hin. Ich lasse trotzdem nicht los. Ich packe noch fester zu!

Es vibriert tief in ihrer Pussy und sie bewegt sich absolut eindeutig in rasender Geschwindigkeit auf einen Orgasmus zu. Ich vergesse, was ich eigentlich tun wollte, und durchbohre sie mit meinem Blick. Auch wenn sie es nicht bemerkt, scheint sie sich noch mehr anzuspannen.

Geschmiert von mehr Lustsaft, als ich je bei einer Frau erlebt habe, gleite ich mit nun schon zwei Fingern durch ihre Spalte bis so weit nach hinten, dass ich ihren Hintereingang erreichen müsste. Wenn da nicht ... ein Hindernis wäre? Ein festes, glattes, vibrierendes Hindernis?!

Ach du verfickte, heilige Scheiße! Das verdammte Bückstück hat Vibrospielzeuge in ihren Löchern! Kein Wunder, dass sie sich verhält wie eine völlig irre Nymphomanin!

»Du kleine, geile Schlampe!«, stoße ich aus und schiebe zwei Finger in ihr zuckendes Loch, bis ich tief in ihr etwas berühre, was nicht zu ihrem Körper gehört und eindeutig vor sich hin summt. Plötzlich verstehe ich auch das Geräusch, das ich dem Computer zugeschrieben habe. Es kam von ihr ...

FÜNFTES KAPITEL

Kitty

Heilige Scheiße! Ich kann keinen klaren Gedanken mehr fassen. Die Empfindungen rauschen durch meinen Körper und ich meine den Verstand zu verlieren.

Seine Finger in mir berühren das vibrierende Ei und ich kann mich ihm einfach nur noch fester entgegendrücken. Ich will mehr. Viel mehr!

»Ja, ich bin eine geile Schlampe«, keuche ich und meine Pussy zieht sich krampfartig um seine Finger zusammen. Doch er lässt sich nicht aufhalten und drückt sie gegen den Widerstand tiefer. »Fuck, ja!«, stöhne ich und kralle mich fest in seinen Hosenbund. Die Gitterstäbe pressen sich kalt und hart gegen meinen Körper, was meine Lust noch mehr anstachelt und meine Erregung in Höhen katapultiert, die ich selten in meinem Leben ohne ernste Gefahr für Leib und Leben erreicht habe.

Keuchend und stöhnend werfe ich den Kopf wieder nach vorn und er kracht gegen das Gitter. Und doch ist der Schmerz nichts im Vergleich zu dem Blick der mich aus seinen Augen trifft. Dunkle Begierde verschlingt mich; zieht mich hinab in einen Strudel voller Erregung und Leidenschaft; hält mich gefangen, wie es die Handschellen tun, die sich in mein Fleisch graben.

Ich fühle eine Hand, die hart meine Brust packt; die sie im Takt der in mich stoßenden Finger knetet. Immer wieder berührt sein Daumen meinen Kitzler, was mich auf die Zehenspitzen treibt. Seit er mich mit seinen Augen eingefangen hat, kann ich den Blickkontakt nicht brechen. Es ist keine Sanftheit in ihnen oder in seinen Berührungen. Er ist grob und unerbittlich. Ich bin ihm hilflos ausgeliefert und er nutzt das voll und ganz aus. Und Scheiße, das ist einfach wahnsinnig geil! Ich stehe schon wieder ganz kurz vor einem Höhepunkt!

Ein unerwarteter Schmerz lässt mich heftig aufkeuchen. Seine Finger kneifen rücksichtslos meinen Nippel. Es tut weh! Für meinen Kopf ist das der Impuls, die Arbeit wiederaufzunehmen. Bevor ich allerdings den Mund zu einem Protest öffnen kann - denn was bildet sich der Scheißkerl ein!? - drücken sich alle vier seiner Finger in meine auslaufende und schmatzende Pussy und rauben mir völlig den Verstand. Jeglichen Gedanken an Widerstand wischt er damit einfach fort und der Schmerz seiner Behandlung verwandelt sich in tosende Lust.

Hilflos tasten meine Finger an seiner Kleidung nach mehr Halt. Ich würde in die Knie gehen, wenn mich seine Hand in mir nicht aufrechthielte. Meine Lider flattern, doch sein Blick hält mich genauso fest, wie sein Griff in meiner Muschi.

Zischend atme ich ein, als ich spüre, wie sich seine Finger in meinem Inneren um das Spielzeug schließen. Wie ich fühle, dass er mit seiner Hand fast komplett in mir ist. Sein Handballen presst sich auf meine Perle. Als meine tastenden Berührungen auf etwas Fleischig-Festes treffen, greife ich zu. Seine Augen weiten sich und während ich die Unterlippe in den Mund sauge, wird sein Knurren zu einem tiefen Grollen.

Verdammt, ist das ein großer, dicker Ständer in seiner Hose! Und noch etwas bekomme ich mit der anderen Hand zu packen: seine Gürtelschnalle. Es ist schwer, meine Finger zu koordinieren, während er mein Innerstes atemberaubend schmerzhaft dehnt und meine Brustwarze heftig malträtiert wird. Aber seine animalischen Laute und der tobende Orkan, den ich in seinen Augen erkennen kann, treiben mich an, die Schnalle und seine Hose aufzubekommen.

Bevor ich jedoch meine Hand in die Öffnung schieben kann, spüre ich, wie er sich aus mir entfernt. Seine Hose entgleitet meinen Fingern, als er einen Schritt zurücktritt. Ein Wimmern aus meiner Kehle begleitet seinen Rückzug.

Was soll das?! Er hat mich so hochgetrieben, dass dieser plötzliche Absturz mehr körperliche und seelische Schmerzen verursacht, als seine gesamte, rücksichtslose Behandlung.

Erst jetzt realisiere ich, wie mein Herz pumpt und ich nach Atem ringe. Sein Gesicht wirkt versteinert und die Dunkelheit in seinen Augen hat noch zugenommen. Langsam hebt er seine Hand, die zur Faust geballt ist. Seine Finger sind klitschnass und als er sie öffnet, liegt das Vibroei darin. Ich kann das leise Summen hören. Ich rieche meine eigene Geilheit. Frust steigt in mir auf. Es tut weh, wie er einfach nur stumm ist und mich völlig frustriert im Regen stehen lässt.

»Was?«, fahre ich ihn heftig an. »Bist du stolz, dass du das Ding gefunden hast? Oder willst du mir beweisen, was für ein harter Kerl du bist?«

Seine Zähne mahlen, seine Wangenmuskeln arbeiten und er atmet tief ein.

»Ich habe echt gedacht, dass der Abend nicht noch beschissener werden kann. Aber da habe ich mich gewaltig getäuscht.« Dabei belüge ich mich gerade selbst, denn er hat mich verfickt noch mal so angefasst, wie ich es mir gewünscht habe. Genau so sollte es heute Abend mit dem anderen Kerl laufen. Aber doch nicht mit einem Cop auf dem Revier, eingesperrt in einer Zelle!

»Was soll der ganze Scheiß hier? Ich will, dass du mich endlich frei lässt«, fauche ich völlig außer mir. Mein Frustlevel ist auf einem absoluten Höchstpunkt angekommen. Ich könnte heulen vor verzweifelter Wut, schon wieder um einen diesmal ganz sicher gewaltigen Orgasmus betrogen worden zu sein.

Scheppernd kommt das Vibro auf dem Boden auf. Summend kreiselt es dort vor sich hin und ich starre es wie hypnotisiert an. Dabei bekomme ich kaum mit, wie der Bastard aus meinem Blickfeld verschwindet. Erst die sich öffnende Zellentür reißt mich aus der Erstarrung.

Keine Sekunde später packt mich eine Hand an der Hüfte und reißt mir den Rest Stoff vom Körper. Ich höre Stoff rascheln und etwas dumpf auf dem Boden aufkommen. Es sind … die Dinge, die an seinem Gürtel hängen!

Finger graben sich in meine Haut, während er mich fest packt und meinen Hintern nach hinten zerrt. Mein Kopf kommt gar nicht hinterher, so schnell findet der Übergriff statt. Meine Hände umgreifen die Gitterstäbe und halten sich daran fest. »Was …?«

Die restlichen Worte bleiben mir Hals stecken, als seine Hand hart auf meinen Hintern klatscht. Ein Schrei entfährt mir und meine Arschbacke brennt heftig. Erneut trifft mich ein Schlag und ich schnappe empört laut nach Luft.

Was fällt diesem Idioten ein? Gott ist das geil! Wie kann er es wagen mich zu …?

Wieder klatscht seine Hand auf meinen Hintern und gleitet direkt darauf zwischen meine Beine. Ein Stöhnen verlässt meinen Mund, als er zwei Finger in meine klitschnasse Pussy schiebt. Schmerz, Demütigung und Erregung kämpfen miteinander. Als er fest meinen Kitzler berührt, gewinnt die Lust in einem Erdrutschsieg die Oberhand. Ich drücke meinen Rücken durch und presse mich seinen Fingern entgegen, während ich ihm meinen Arsch entgegenrecke.

»Mehr«, flehe ich und reiße fast im gleichen Moment wütend ausatmend den Kopf herum, weil seine Finger schon wieder meinen Schoß verlassen. Der Blick, dem ich begegne, trifft mich völlig unvorbereitet.

Seine Augen sind tiefschwarz und doch lodert in ihnen ein Feuer, das ich noch nie bei einem Mann gesehen habe. Er packt meinen Nacken und zwingt mich grob dazu, den Kopf hängenzulassen. Die nächsten Schläge, die auf meinen Arsch einprasseln, lassen mich lauthals stöhnen. Dabei ist diese Behandlung einfach nur erniedrigend. Was mehr brennt, kann ich gar nicht sagen - mein Arsch oder mein Gesicht vor Scham … und Lust. Er kann mir doch nicht einfach den Hintern versohlen!

»Du darfst nicht …«, begehre ich auf, doch er wischt mit dem nächsten Schlag die Worte, die ich sagen wollte, einfach weg. Mein Aufschrei ist heiser und klingt nicht empört, sondern … lustvoll.

»Maul halten!«, fordert er rau. »Du meinst, du hattest einen beschissenen Abend? Dann warte das Wochenende mal ab!« Seine Aussage wird von dem Klatschen seiner Hand auf meiner Haut unterstrichen. Seine autoritäre, tiefe Stimme, lässt mir einen Schauer über den Rücken laufen. »Dir zeige ich, wie man mit arroganten Weibsbildern umgeht. Ich verpasse dir einen Denkzettel, den du nicht so schnell vergisst.«

Seine Finger finden erneut in meinen Schoß, reiben hart über den Kitzler und stoßen dann in mich. Keuchend und stöhnend werfe ich den Kopf in den Nacken. Er fickt mich schnell und tief mit mehreren Fingern. Das Schmatzen meiner Muschi ist fast schon lauter als das Klatschen seiner Hand auf meinem Arsch.

Wieder entzieht er sich mir, bevor sich meine Lust entladen kann. Die Riesenmenge Nässe, die er dabei mitnimmt, verteilt er auf meinem Hintern. Die Luft, die er darüber bläst, lindert ganz kurz das Brennen und beschämt mich gleichzeitig nur noch tiefer, weil das alles mein Lustsaft ist, der mir auch in Strömen an den Beinen hinabläuft. Dann nimmt er sich der anderen Backe an und unterzieht auch sie der heftigen Behandlung. Und danach fährt er mit einer alarmierend sanften Berührung durch den Spalt zwischen meinen Pobacken, bis mir eine Gänsehaut alle Haare zu Berge stehen lässt, und berührt meinen Plug, der noch immer in meinem Hintereingang steckt. Lustvoll stöhne ich auf.

Irgendwann weiß ich nicht mehr, wo mir noch der Kopf steht. Ich stehe breitbeinig mit ausgestrecktem Arsch vor ihm und wehre mich nicht. Schläge und Streicheleinheiten, harte Penetration meiner Pussy mit manchmal allen Fingern und neugieriges, fast sanftes Zupfen und Drücken am Plug wechseln sich immer wieder ab. Mein Hintern brennt wie Feuer, meine Haut ist total sensibel und überreizt, meine Muskeln zucken immer wieder krampfartig und meine Augen sind fest geschlossen.

Mein Körper lechzt nach einem befreienden Orgasmus, den er mir geschickt verweigert. Und doch wünsche ich mir gleichzeitig auch, dass es nie endet. Ich habe mich noch nie so erniedrigt und gleichzeitig wie … in besten Händen gefühlt. Was dieser Fremde - dieser Cop - mit meinem Körper anstellt

… Was er mir an Empfindungen entlockt … Danach werde ich jetzt schon süchtig!

Meine Finger umklammern die Stäbe und ich kann spüren, dass sich etwas verändert. Bevor ich jedoch auch nur die Kraft aufbringe, über meine Schulter zu blicken, packt er meine Hüften … und dringt mit einem harten Stoß tief in mich ein!

Heilige Scheiße!!

Ich wölbe meinen Rücken und verkrampfe mich, während ein heftiger Schrei meinen Mund verlässt. Seine Hand findet zu meinem Rücken. Unnachgiebig drückt er mich wieder in die ursprüngliche Position, in der ich ihm meinen Arsch am meisten entgegenstrecke. Mit einer Hand an der Hüfte und der anderen in meinem Nacken, wo sie hart zupackt, zieht er sich wieder aus mir heraus und rammt sich gleich danach wieder in mich hinein. Ich kann seiner Größe nicht ausweichen. Tief stößt er in mir an. Die schmerzhaft-lustvolle Intensität raubt mir den Atem.

Ich bin ausgefüllt. Der riesige Schwanz in meiner Pussy und der Plug, der noch immer fest in meinem Arsch steckt … Gedehnt bis aufs Äußerste, muss ich ächzend dagegenhalten, denn ich kann ihm nicht entgehen. Er lässt mir keine Zeit, mich an das Gefühl zu gewöhnen, sondern zieht sich zurück und rammt sich sogar noch härter und tiefer in mich. Bis er wieder in mir auftrifft, wo es nicht weitergeht. Nur dass es diesmal doch noch weitergeht und dabei noch mehr Schmerz und Lust durch meinen ganzen Körper jagt.

Ich ringe japsend nach Luft und starre geradeaus ins Leere, während ich nur noch fühlen kann, wie er mich innerlich umdekoriert. Seine Hand in meinen Haaren zieht meinen Kopf zurück und selbst dieser Schmerz an meiner Kopfhaut ist … geil. Er nimmt mich. Er benutzt mich. Nicht einmal in meinen

Träumen habe ich jemals etwas so Scharfes erlebt, wie das hier. Vielleicht ist es meine Schuld, weil ich noch nie von einem Cop geträumt habe?

Er zieht sich zurück, bis nur noch seine Eichel meine Schamlippen teilt. Ich weiß, was darauf folgt, aber als er sich mit voller Kraft und ohne Rücksicht wieder in mich rammt, bin ich trotzdem nicht vorbereitet. Meine Schreie werden leiser, weil mir die Stimme versagt.

Stoß um Stoß nimmt er mich und sein Stöhnen vermischt sich mit meinem. Seine Hände lassen dort los, wo sie mich erbarmungslos festgehalten haben. Sie gleiten über meine Haut auf meine Vorderseite, zu meinen Brüsten, und packen den Rest meines BHs. Der Stoff gräbt sich kurz in meine Haut, während er das scheißteure Stück mit einer Leichtigkeit zerreißt, die mir unwirklich vorkommt. Protest ist so ziemlich das letzte, woran ich denke. Irgendwie … macht mich selbst das noch zusätzlich an.

Der Deputy, der mich gegen meinen Willen und gegen jedes Gesetz hier festhält, während er mit mir macht, was ich mir heißer und schärfer nicht ausdenken könnte, ergreift meine Brüste, während er unablässig in mich stößt. Es ist wild und animalisch, wie er sich in mich versenkt. Wie er meine Titten packt und knetet; die Nippel drückt und zieht, bis es mir ein Wimmern entlockt. Wie er sie benutzt, um mich zu ihm zu reißen, sodass er sich tiefer in mich bohren kann, als je etwas in mir war.

Beim jedem der brutalen Stöße fühle ich seine dicke Eichel über den Punkt in meinem Inneren gleiten, der mir die heftigsten, nassesten Orgasmen von allen bescheren kann. Und dabei bin ich schon nasser als ich es mir auch nur hätte vorstellen

können. Aber das ist noch nicht das Ende der Fahnenstange
…

Wenn er so weitermacht - und ich bete zu jedem Gott, der mir einfällt, dass er genau das tut - werde ich kommen. Ohne dass er meinen Kitzler anfasst. Ohne dass er mir eine Wahl lässt. Ohne dass ich irgendwas dagegen tun könnte.

Ich werde kommen. Und ich werde wahrscheinlich das Bewusstsein dabei verlieren. Vielleicht sterbe ich sogar davon, weil es so heftig wird. Aber … Fuck, das ist es wert!

SECHSTES KAPITEL

Mike

Es ist, als hätte eine fremde Macht die Kontrolle über meinen Körper übernommen und ich könnte nur noch zuschauen. Wie besessen ziehe ich den heftig bebenden, schweißnassen Körper immer wieder brutal zu mir und ramme meinen Unterleib dabei vor. Aus ihren lauten Schreien ist längst heiseres Stöhnen geworden, aber sie zuckt noch immer jedes Mal heftig, wenn ich mich ganz in ihr versenke. Und sie steht auch noch immer. Auf Zehenspitzen. Sich mir entgegenpressend.

Es ist unfassbar geil! Während mein Körper tut, was er will, sehe ich auf ihren festen Knackarsch hinunter und beobachte meinen Ständer, der vor Nässe triefend immer wieder in ihr verschwindet. Ihre Brüste in meinen Händen sind heiß und ihre Nippel sind hart und geschwollen. Ihre roten Arschbacken funkeln vom Licht auf dem Schweißfilm. Ihr Rücken ist durchgedrückt und der Kopf ist in den Nacken gelegt, als würde ich noch immer an ihren Haaren ziehen.

›Siehst du?‹, verhöhnt mich meine innere Stimme. ›*Sie will es doch auch.*‹

Die Ausrede eines miesen Vergewaltigers. Das ist mir klar. Aber ich kann nicht leugnen, dass ich es auch sehe. So fest ich alles unter Kontrolle habe, sie stemmt sich mir von selbst entgegen, wenn ich zustoße. Und ihr Stöhnen ... Heilige Scheiße, ihr Stöhnen ist so irrsinnig sexy!

Heiser von den Schreien und aus tiefster Seele. Jedes Mal, wenn ich tief in ihr auftreffe, verstummt es atemlos. Dann schwillt es an und wird verzweifelt, wenn ich mich zurückziehe. Sobald ich wieder vorstoße, klingt es ... *rollig*. Ein besseres Wort fällt mir nicht ein. Es erinnert mich an eine Katze in Hitze, die klagend nach einem Kater ruft und gleichzeitig wütend fordert, er soll sich beeilen.

Ich fühle, wie ihre Pussy um meinen Schwanz herum krampfartig zuckt. Ich fühle, wie ihr Lustsaft mir gegen Beine und Bauch spritzt, wenn mein Unterleib gegen ihren Arsch klatscht. Wie sie ausläuft, das ... macht mich tierisch an. Es lässt mich nur noch härter und wilder zustoßen.

Ich kann es nicht leugnen - ich will sie ficken. Sie hat mich immer mehr provoziert. Sie hat es darauf angelegt. Es ist nicht meine Schuld ...

Was für eine Bullenscheiße! Es ist meine Schuld, denn sie ist verfickt noch mal an das Gitter gefesselt und kann rein gar nichts tun. Und selbst wenn sie es sich vor meinen Augen besorgt und mich unmissverständlich aufgefordert *hätte* - was *nicht* der Fall ist - wäre es unverzeihlich. Aber ... scheiß drauf!

Ich lasse sie zahlen! Und sie hat es zu genießen, ob es ihr passt oder nicht. Weiber wie sie, die immer ihren Willen kriegen. Von der Sorte kenne ich schon eine. Und der habe ich nie gegeben, was sie verdient hätte. Was manchmal verdammt noch mal eine so heftige Ohrfeige gewesen wäre, dass sie sich im Kreis dreht. Oder ein Hintern voll. Aber nicht von der erotischen Sorte, denn das würde Fräulein Rührmichnichtan - außer, um ihr ein Kind zu machen, für das ich dann zahlen darf, aber an dessen Leben ich gefälligst nicht teilhaben soll - niemals reizvoll finden.

Nun, diese Schlampe findet es nur zu geil und ob sie es will oder nicht, ich werde sie zum Höhepunkt ficken. Ich weiß, dass es in ihr steckt. Ich spüre, wie sie sich Stück für Stück immer weiter hochschaukelt und mehr anspannt. Ich fühle es an meinem Schwanz und daran, wie sie noch nasser wird und tiefer stöhnt.

»Ist es das, was du online gesucht hast?«, schnauze ich sie an und greife ihr wieder ins Haar, um sie noch härter zu mir reißen zu können.

»*Fuck*!«, quietscht sie erschrocken und … spitz.

»Du wolltest doch einfach genommen werden. Willst du dich jetzt beschweren?«

»B-bastard«, keucht sie und ringt nach Luft.

»Schlampe! Du hast doch gerade den geilsten Fick deines Lebens. Sei gefälligst dankbar!«

Ich verpasse ihrem Arsch zwei Schläge, die ihr noch einmal die süßen Aufschreie entlocken. Dabei unterbreche ich meine brutalen Stöße. Und sie antwortet mir auf die Frage mit ihrem Körper, denn der kann nicht stillhalten. Sie versucht auf Zehenspitzen, sich weiter gegen mich zu werfen. Egal, was sie sagt, das hier macht sie tierisch an.

»Du Schwein!«, wimmert sie. »Du mieses Bullenschwein!«

»Soll ich aufhören?«

»*Nein*!«, japst sie sofort.

Bei Gott, dabei schwillt mir der Schwanz noch mehr an, als in dem Moment, wo sie nach mehr verlangt hat. Es ist so plötzlich und ehrlich, dass sich der verfickte Zweifel in meinem Kopf beruhigt. Sie *will* es!

»Dann … bitte mich darum, dich mit meiner Ladung abzufüllen«, knurre ich und lasse meinen Schwanz pulsieren, indem ich meinen Beckenboden anspanne.

»**Fuck**!«, stößt sie aus und ihr ganzer Körper zuckt von innen und von außen.

»Fleh mich an«, fordere ich.

»Das … das wagst du eh nicht, du … du Schlappschwanz«, keucht sie atemlos. »Du bringst es gar nicht. Bist du … bist du überhaupt noch … steif?«

»Miststück!«, fahre ich sie an und ziehe mich zurück, um ihr meinen Steifen so tief wie möglich reinzurammen.

Sie schreit auf und diesmal lässt die Spannung in ihrem Körper nicht mehr nach. Und ich auch nicht. Diese verfickte Bitch kann auch nicht klein beigeben! Sie muss immer weiter provozieren. Der werde ich es zeigen. Ich kann sie das ganze Wochenende hier festhalten. Angedroht habe ich ihr das schon. Ich tue es, wenn sie nicht klein beigibt. Ich bringe sie dazu, sich *mir* zu unterwerfen!

»Schlaff!?«, grolle ich und ramme mich immer schneller in sie. »Schlapp!?«

Sie stöhnt nur laut und dann durchzuckt es sie wie ein Starkstromstoß. Heiße Nässe rauscht um meinen Schwanz herum aus ihr hervor und spritzt daran entlang aus ihrer Pussy. Ihr Körper beginnt sich zu schütteln, als hätte sie einen epileptischen Anfall. Aber ich weiß, was es ist. Ihre Pussy krampft so heftig, dass es mir fast den Schwanz abkneift.

Sie kommt. Ob sie es will oder nicht. Und sie verliert dabei völlig die Kontrolle. Zum Höhepunkt schreit sie wieder so wunderbar und bäumt sich auf. Aber ich bin noch nicht fertig mit ihr. Und es ist mir scheißegal, ob sie damit gerade umgehen kann. Ich ficke sie weiter und zwinge ihren Oberkörper wieder runter, sodass sie in der perfekten Position bleibt - auf zittrigen Zehenspitzen mit hochgerecktem Arsch in der richtigen Höhe, dass ich meinen Ständer in ihre spritzende, zuckende Spalte prügeln kann, während sie nicht weiß, wo ihr der Kopf steht.

»Komm!«, wimmert sie auf einmal. »*Bitte*!«

Fuck, das gibt mir den Rest! Sie *hat* gefleht. Sie klingt, als müsste sie sterben, wenn sie es nicht bekommt. Mein Schwanz reagiert schon, bevor ich es überhaupt richtig begreife. Meine Eier ziehen sich zusammen und meine Bewegungen werden fahrig. Aber ich lasse nicht an Härte oder Schnelligkeit nach.

»Oh-Gott!«, schreit sie auf. »Oh Gott, noch mal!«

Was sie meint, erfahre ich, als es sich heiß und schmerzhaft seinen Weg durch meinen Schaft erarbeitet, bevor ich meinen Samen tief in sie hineinspritze. Der Druck in ihrer Pussy schwillt noch einmal an und gleich darauf spritzt sie wieder. Ein weiterer Orgasmus, genau in dem Augenblick, als ich komme.

Scheiße, ist das ein geiles Stück. Von so einer scharfen Braut habe ich bisher nicht einmal träumen können. So was gibt es nicht einmal in Pornos ...

Unwillkürlich ziehe ich sie hoch zu mir und schließe von hinten die Arme um ihren heftig zitternden, zuckenden Körper. Und sie presst sich an mich, während mein Schwanz noch in ihr nachzuckt und sie darauf mit ihrem eigenen Zucken reagiert. Sie kann sich kaum aufrechthalten und ich ahne, dass dieser Übergriff ein hässliches Nachspiel haben wird, aber jetzt gerade ist alles einfach ... perfekt.

»Der Plug«, wispert sie müde, nachdem sie minutenlang einfach in meiner Umarmung hing, während ihre Hände unverändert ans Gitter gefesselt sind. »Bitte. Ich kann nicht mehr. Das Ding …«

Ich reagiere, bevor sie zu Ende gesprochen hat, denn ich fühle das dumpfe Vibrieren an meinem noch immer nicht ganz schlaffen Schwanz, der zwischen ihren Pobacken liegt. Und es … nervt, wenn auch nicht so sehr, dass ich die seltsam angenehme Haltung aufgeben will.

Ohne weiter nachzudenken, lasse ich eine Hand über ihren Bauch nach unten gleiten und greife ihr zwischen die Beine. Sie zuckt, keucht und wimmert leise, aber ich lasse ihre Pussy und ihren Kitzler in Ruhe und greife weiter nach unten durch, wo ich das Ende des Analspielzeugs mit den Fingern zu packen kriege.

»Fuck …«, keucht sie leise, als ich es unerbittlich aus ihr herausziehe. Fast rutsche ich dabei ab, denn alles dort unten ist glitschig nass von ihren beiden Explosionen und der Art, wie ihre Erregung ihren Brunnen am Sprudeln hält.

Als das gar nicht so kleine Dinge schließlich aus ihr heraus gleitet, seufzt sie erleichtert und sackt völlig erschöpft gegen meinen Körper. »Danke«, murmelt sie und legt den Kopf in einer sehr vertrauten Geste an meine Schulter. Was mich allerdings wirklich unerwartet trifft, ist … der Kuss auf meinen Hals.

Ich weiß nicht, wo mir der Kopf steht, aber ich blocke alle Gedanken ab, die auf mich einstürmen wollen. Damit kann ich gerade nicht umgehen. Aber ich kann etwas anderes tun.

In die Knie gesunken sind wir schon unmittelbar nach dem gemeinsamen Höhepunkt. Dadurch ist meine Hose jetzt in Reichweite meiner Hände und darin befindet sich der Schlüssel für die Handschellen. Es dauert ein wenig, aber ich bekomme ihn umständlich hervorgefummelt. Dann muss ich mich nur noch vorbeugen, bis ich ihre Handgelenke erreiche. Was bedeutet, dass ich ihren Körper fast gegen die Gitterstäbe dränge, aber ihre einzige Reaktion ist ein zufriedenes Seufzen.

Ich frage mich, ob sich das ändert, wenn ihre Hände frei sind. Vielleicht geht sie mir dann sofort an die Kehle. Oder sie versucht aufzuspringen, um sich von mir zu befreien. Ich könnte beides verstehen, aber nichts davon geschieht. Lediglich ihre Arme fallen hinab und sie bleibt, wo sie ist.

Ich besinne mich endlich darauf, was in so einer Situation angemessen und richtig ist. Nicht zwischen Polizist und Gefangener, sondern zwischen zwei Menschen, die heftigen, heißen, umwerfenden Sex miteinander hatten. Und zwischen … einem Dom und einer Sub.

Sie unternimmt nichts, um mich aufzuhalten, als ich sie auf meine Arme nehme und zur Pritsche in der kleinen, alten Zelle trage. Nur ein kleiner Laut entkommt ihrem Mund, als ich sie daraufflege. Er klingt schwach überrascht. Dann fahren ihre Finger über die Decke auf der Liege und ich verstehe. Da mir die Pritsche als Ersatzbett dient, ist es keine grobe, raue Wolldecke sondern etwas, was einem nicht die Haut bei der bloßen Berührung abzieht.

Als sie liegt und ich einen Teil der Decke über ihren Körper ziehen kann, will ich mich abwenden. Sie braucht Ruhe und dann … Ich weiß es auch nicht. Aber ihre Hand packt mein Handgelenk und ihre Augen, die ich für geschlossen gehalten habe, starren mich direkt an. Sie wirken … bittend.

Will ich mich zu ihr legen? Scheiße, ja! Aber ich fühle mich schuldig und mies. Sie zieht fester an meinem Arm und ihr Blick wird fordernder. Aber dieses Mal regt mich diese zickige Note in ihrem Verhalten nicht auf. Durchatmend gestehe ich mir ein, dass ich ihr etwas schulde. Und wenn sie nach dieser

Nummer jemanden zum Anlehnen braucht, dann ist das wohl das Mindeste. Auch wenn es ihr Übeltäter ist, der als Einziger zur Verfügung steht.

Noch einmal tief durchatmend entledige ich mich meiner restlichen Kleidung und gleite zu ihr auf die Pritsche, die viel zu schmal für mehr als eine sehr dünne Einzelperson ist. Sie dreht sich, um mir den Rücken zuzuwenden, und schmilzt geradezu in meine Umarmung hinein. Irgendwie passt es nicht nur, es fühlt sich verdammt gut und richtig an.

»Kitty«, haucht sie fast unhörbar.

Bis ich mir einen Reim darauf gemacht habe, ist ihr Atem schon tief und regelmäßig geworden. Sie ist eingeschlafen …

Siebtes Kapitel

Mike

Nervtötend wie immer drängt sich das rhythmische Brummen meines Handys in meinen Schlaf. Es klingt nicht ganz richtig. Nicht ganz wie mein Wecker. Es klingt eher, als ... würde mich jemand anrufen. Vielleicht ist es wichtig? Ich sollte ...

Nichts ist, wie ich es erwarte, als ich den Arm bewege, um zum Stammplatz meines Smartphones zu greifen, wenn ich in der ausrangierten Zelle im Revier eine Mütze voll Schlaf nehme. Ich liege nicht auf dem Rücken auf der Pritsche wie sonst. Das Handy liegt nicht neben dem Kopfkissen wie sonst. Ich bin ... nicht allein wie sonst!

Heiß klebt ein Körper an meiner Vorderseite. Meine Hand findet wie von selbst eine Brust statt eines Smartphones. Sie ist nackt, fest und reizvoll. Erinnerungsfetzen überfallen mich, wie ich die Besitzerin von hinten genommen habe, als würde sie mir gehören. Und dann, wie ich sie zuvor gefesselt hatte, sodass sie es auch irgendwie tat.

Mein Handy brummt weiter wütend vor sich hin. Der Anrufer gibt nicht auf, versucht es sogar noch einmal. Aber das ist mir gerade egal. Wer etwas von mir will, kann das Revier anrufen. Solange ist es nicht dienstlich und kratzt mich zur Abwechslung mal überhaupt nicht.

Was mich hingegen interessiert, ist die subtile Reaktion der Frau, die sich mit mir eine absurd schmale Pritsche teilt. Ganz leicht nur ist sie erschauert, als meine Hand sich auf ihre Brust gelegt hat. Fast sofort spüre ich eine weitere Reaktion direkt unter meiner Handfläche. Ihr Nippel wird fester. Dann bewegt sich ihr Körper ein wenig; drängt sich mehr zu mir und tiefer in meine Umarmung hinein. Ihr Hintern reibt sich an meinem Schoß. Was bei mir natürlich eine Reaktion anstößt.

Ich kann mich nicht erinnern, jemals so aufgewacht zu sein. Vielleicht ist etwas Ähnliches mal im College passiert, aber das fühlt sich mehrere Leben weit entfernt an. Das war *davor* und alles seither steht unter einem anderen, unschönen Stern. Bis … *jetzt.*

Ich habe ihren Kopf direkt vor mir unter meinem Kinn, weil sie sich ein wenig eingerollt hat, soweit es der sehr begrenzte Platz zulässt. Ihr Haar … Ich rieche daran und entdecke einen Hauch einer Note des Parfüms, das ich so mag. Und dazu eine Menge von etwas, das pur der Mensch ist, der hier mit mir liegt.

Ich erinnere mich, wie heftig sie geschwitzt hat und welche anderen Säfte außerdem reichlich geflossen sind. All das ist Teil dessen, was ich mit der Nase wahrnehme. Aber es ist alles andere als abstoßend. Und sie scheint auch kein Bedürfnis zu haben, sich jede Spur von vergangenem Sex vom Körper zu schrubben, sonst würde sie nicht so friedlich schlafend seit offensichtlichen Stunden bei mir liegen. Es ist nämlich bereits hell und somit Samstagmorgen.

Noch einmal atme ich tief durch die Nase ein und diesmal wage ich, die Nase dabei in ihr Haar zu schieben. Scheiß auf

Parfüm. Nach *diesem* Geruch kann man süchtig werden. Ich mag ihn.

Und sie … mag wohl auch etwas, denn sie erschauert deutlich und drängt sich leicht zitternd noch mehr an mich. Missverständnisse sind ausgeschlossen, denn ihre eigene, linke Hand legt sich auf meine auf ihrer Brust und drückt sie leicht. Mein Schwanz an ihrem Po erreicht einen halbsteifen Zustand, der ihr keinesfalls mehr entgehen kann, aber sie weicht nicht aus, sondern drängt sich dem entgegen.

Kitty, erinnere ich mich. Das war ihr letztes Wort, bevor sie eingeschlafen ist. Oder hat sie vor Erschöpfung das Bewusstsein verloren?

Herrgott, was habe ich mit dieser Frau angestellt?! Immer klarer erinnere ich mich und mit der neuerwachenden Erregung kommt auch einiges an Scham zurück. Auf der anderen Seite … hat sie es aber auch ziemlich provoziert und vielleicht sogar genau darauf angelegt.

Die Wirkung der Erinnerung auf meine Erektion ist sehenswert. Ich bin praktisch von einem Moment auf den nächsten komplett steif und dieser Ständer drängt sich unerbittlich zwischen ihre Pobacken. Scharf atmet sie ein und diesmal ist ihr Erschauern eher ein kleiner Anfall von Schüttelfrost.

»Fuck«, wispert sie. »Ich … muss mal. Sonst …«

»Sonst?«, brumme ich ihr ins Ohr, denn irgendwie habe ich keine Lust, sie aufstehen zu lassen und finde den Gedanken, ihre Blase zu reizen und sie damit ein wenig zu quälen viel zu reizvoll.

»Sonst pisse ich dir auf den Schwanz«, lässt sie mich wissen, während sie rein gar nichts tut, um sich gegen mein langsames, weiteres Vordringen zu ihrem Eingang zu wehren.

»Wenn du einen Polizeibeamten anpisst, bedeutet das ernsthafte Konsequenzen«, warne ich.

»Wenn der Polizeibeamte mich nicht pissen gehen lässt, sind das ja wohl mildernde Umstände«, hält sie dagegen.

Kurz erwäge ich, dieses Spiel fortzusetzen, aber dann brummt mein Handy wieder los und reißt mich aus dem Moment. Genervt schnaubend löse ich mich von ihr - was einen eindeutigen Protestlaut auslöst - und schwinge die Beine aus dem Bett, um nach dem Scheißding zu suchen. Ich habe eine Ahnung, wer da frühmorgens an einem Samstag versucht, mich so dringend zu erreichen. Und auch, dass es noch immer um das Thema von gestern Nachmittag geht. Als würde ich dazu meine Meinung ändern …

Mir entgeht nicht, dass sich die Frau namens Kitty ein wenig ruckhaft bewegt, als sie meinem Beispiel folgt. Meine Entscheidung scheint ihr nicht zu gefallen. Verwuschelt und verschlafen, wie sie ist, kann ich ihren leicht ungnädigen Gesichtsausdruck aber nur süß finden. Es steht ihr wirklich gut, gerade erst aus dem Bett zu steigen.

Ich fische mein Smartphone aus der Tasche meiner herumliegenden Hose und sehe nur mit halbem Auge hin, als sie sich aufrichtet und streckt. Aber das reicht, um eine volle Dosis ihres Sex-Appeals abzubekommen. Scheiße, diese Frau ist aber auch ein Geschoss!

Sie hat endlos lange Beine - vor allem, wenn sie sich auf die Zehenspitzen stellt und die Arme hoch über den Kopf reckt, um sich seufzend von der Nacht auf der harten, schmalen Pritsche zu befreien. Ich weiß, dass sie es absichtlich so tut, dass ich ihr schlankes Profil und die prall vorgereckten Brüste möglichst gut betrachten kann. Ich sehe sogar, wie ihre

Mundwinkel zucken, weil sie bemerkt, dass meine Aufmerksamkeit nicht meinem Handy gilt, sondern ihr.

»Dort, Officer?«, erkundigt sie sich dann mit einer perfekten Mischung aus Unschuld und Entrüstung in der Stimme, während sie auf den Eimer in der Ecke der Zelle deutet.

Ich schnaube und fast sage ich ihr, wo sie die Toiletten findet. Aber nur fast. Sie sieht mich schon wieder auf diese verdammt provozierende Weise an. Das kann ich nicht unbeantwortet lassen.

»Es heißt Deputy«, grolle ich und richte mich auf. »Und wo sonst?«

»Aber ...«, setzt sie an und muss sich wirklich hart ein Grinsen verkneifen, während es in ihren Augen atemberaubend aufblitzt. »Dann kannst du ja alles sehen, Officer. Das gehört sich so aber nicht! Ist das erlaubt?«

»Was hier erlaubt ist und was nicht, bestimme ich«, knurre ich und trete drohend auf sie zu. Aber sie erzittert nur und weicht keinen Millimeter aus. »Du wirst mich Deputy oder Sir nennen und du wirst deinen Knackarsch jetzt auf diesen Eimer pflanzen, wenn du dich erleichtern willst. Verstanden?«

Sie keucht zischend zwischen den Zähnen hindurch, als ich grob ihren Nacken packe und sie zur Ecke führe. Auf ihren Brüsten werden die Nippel schon wieder hart wie Kirschkerne und ihre Wangen röten sich zusammen mit Hals und Dekolletee. Es ist gar nicht möglich daran zu zweifeln, dass sie erregt ist.

»Aber, O...«, setzt sie erneut an und wirft mir einen funkelnden Seitenblick zu.

Ich grunze nur und drücke sie hart in die Hocke bei dem Eimer, was sie mit einem leisen Quietschen quittiert. Sie wehrt sich ein wenig, aber selbst wenn sie es wirklich drauf anlegen wollte, hätte sie verloren, weil sie bereits halb unten angekommen ist.

»So, *Sir*?«, haucht sie dann mit großen Augen und Unschuldsmiene, als sie sich soweit gedreht hat, dass sie mir voll frontal zugewandt ist.

Ich trete zurück und blicke ihr direkt zwischen die Beine auf die völlig blanke, feucht schimmernde Pussy, die sie mir geradezu präsentiert. Sie beobachtet mich ganz genau, während sie sich sichtlich konzentriert. Bis … es in einem klaren Strahl aus ihr herauszukommen beginnt und laut plätschernd im Eimer auftrifft.

»Genau so«, bestätige ich und weiß, dass mein steifer Schwanz dabei von mir absteht und von allein zuckt.

»Das ist Nötigung«, haucht sie alles andere als erbost und hört nicht auf, immer wieder zu erschauern.

»Das hättest du dir überlegen müssen, bevor du dich mit mir angelegt hast«, grolle ich und sehe weiter zu, wie sie eine ganz schöne Menge loswird. »Eine kleine, verdorbene Verbrecher-Göre wie du braucht ganz offensichtlich endlich mal eine handfeste Lektion.«

Ich habe keine Ahnung, warum es ausgerechnet diese Worte sind, die aus mir heraussprudeln, wie es aus ihr in den Eimer sprudelt. Aber ich sehe, wie es erneut in ihren Augen aufblitzt.

»Weißt du eigentlich ganz sicher, ob ich überhaupt schon volljährig bin, Officer?«, fragt sie.

Ich schnaube sofort, denn das ist so absurd. Aber sie starrt auf meinen Schwanz, der offenbar auf einen anderen Aspekt zu reagieren beschließt und heftig zuckt. Was zum Fick …?

»Oder ist es genau das, was dich anmacht?«, bohrt sie weiter. »Minderjährige entführen und sie dann hier brutal vergew…«

Sie unterbricht sich und schnappt nach Luft, als ich einen schnellen, entschiedenen Schritt auf sie zumache und meine Eichel sie an der Nase berührt.

»Es heißt Deputy«, fahre ich sie an und packe in ihr Haar. »Und du bist schon verdammt lange nicht mehr minderjährig. Das sieht man.«

Sie reißt in halb gespielter Empörung die Augen auf und will sofort zurückschlagen, aber ich warte nur darauf, dass ihre Lippen sich teilen. Zuzusehen, wie sie ihre faszinierenden Augen erst kurz aufreißt, und sie sich dann verdrehen, während ein ersticktes Stöhnen sich an meinem harten Schwanz vorbeiquetscht, den ich ihr in den Mund stoße, ist ein Fest.

Beinahe verliert sie das Gleichgewicht und ich kann sie nicht an ihren Haaren aufrechthalten, aber sie greift hinter sich und findet Stütze an der Wand. Zurückzuweichen scheint ihr allerdings nicht in den Sinn zu kommen. Bis zum Anschlag nimmt sie meinen Ständer in ihrer Kehle auf, ohne dabei mehr als ein kleines, kurzes Würggeräusch von sich zu geben, als meine Eichel den Rachen passiert.

»Fuck!«, stoße ich unwillkürlich aus und lege kurz den Kopf in den Nacken. »Machst du das oft oder bist du ein Naturtalent?«

Sie schluckt mehrmals und ich kann nur aufstöhnen, so geil fühlt sich das an. Dann bemerke ich, wie ihre Hände meine Beine packen und sie mich ihre Krallen spüren lässt. Ihre Augen funkeln mich an, als ich nach unten sehe, obwohl darin auch Tränen der Anstrengung zu sehen sind.

»Also beides«, beschließe ich. »Kleines Miststück …«

Statt mir mehr Entrüstung zu zeigen, verdreht sie bei der Beschimpfung kurz die Augen und ihr Körper zuckt, während sie es irgendwie schafft zu stöhnen. Ihre Fingernägel bohren sich dabei nur tiefer in meine Oberschenkel.

Ich nutze die volle Kontrolle, die ich über ihren Kopf habe, um sie zurückzuzwingen und einen Atemzug nehmen zu lassen. Dann stoße ich wieder zu und sie nimmt mich heftig stöhnend wieder komplett auf.

»Das wird dein Frühstück«, knurre ich ihr zu und auch das löst nur weitere Schauer aus.

Entschlossen packe ich mit der zweiten Hand ihren Kopf, denn ich werde genau das tun, was ich ihr gerade androhe. Ich werde ihren Mund bis tief in ihren Hals ficken und sie zwingen, mein Sperma zu schlucken. Während sie über einem Eimer hockt, in den sie gerade gepinkelt hat, weil ich ihr keine andere Möglichkeit gelassen habe. Denn sie … ist hier die Verbrecherin und ich bin Recht und Gesetz und muss sie bestrafen.

Es ist ein guter, geiler Plan, der nicht nur mir gefallen würde. Aber ein Hupen vor dem Revier verhindert, dass sie ihn kennenlernt. Wie vom Donner gerührt zucke ich zusammen und reiße den Kopf herum.

»*Fuck*! Meine *Ex*!«

ACHTES KAPITEL

Kitty

Die Intensität, mit der er dieses eine Wort ausspricht, während sein Schwanz tief in meiner Kehle pulsiert, ist heftig. Ex? Scheiße! Absurderweise kommt mir zuerst der Gedanke, dass er glücklicherweise nicht ›Frau‹ gesagt hat. Irgendwie ist er total der Typ, der verheiratet sein müsste …

Dann sickert langsam in mein Hirn, was seine Worte eigentlich bedeuten. Irgendein Auto hat gehupt und er flucht wegen seiner Ex. Während er mir den dicken Prügel entreißt, der mich so wunderbar an die Grenze meiner Blowjob-Fähigkeiten gebracht hat, ringe ich nach Luft und kann mich nicht rühren. Was jetzt!?

»Shit, sie kommt rein«, knurrt er aus dem Fenster starrend.

Für einen Augenblick befürchte ich, dass er so panisch-hektisch wird, wie ich mich fühle. Wenn wir beide hier zu Salzsäulen erstarren, wird das kein gutes Ende nehmen …

»Komm hoch!«, fordert er und packt mich am Oberarm, um mich zu ziehen. »Du musst dich verstecken. Wenn sie dich sieht … In dem Zustand … Gott!«

Ich blinzele und irgendwie bekomme ich ein paar Bewegungsimpulse an meinen Körper durch. Verstecken. Gute Idee! Aber wo?!

Er ist mir gerad keine Hilfe, denn er verschwindet durch einen Durchgang. Vor den Fenstern des einstöckigen Baus sehe ich einen blonden Bob im Takt schneller Schritte erscheinen und verschwinden. Wenn ich mich richtig erinnere, gibt es zwei Stufen vor dem Vorraum, dann wird sie mich ohne Zweifel entdecken. Eine verwirrte Nackte mitten in einer Polizeistation gehört vermutlich zu den auffälligen Dingen an einem Samstagmorgen.

Mein Blick fällt auf den Stuhl, auf dem ich gefesselt saß. Neben seinem Schreibtisch. Der ein monströses Relikt aus einer Zeit ist, als man selbst Arbeitsplätze atombombensicher zu bauen versuchte. Was bedeutet …

Das auftauchende Oval eines Gesichts vor der Sichtscheibe der Eingangstür lässt mir keine Zeit für Überlegungen. Ich gehe auf Tauchstation und krabbele unelegant über den Boden, bis ich den Fußraum des Schreibtischs erreiche. Da kauere ich mich hinein und ziehe schnell die Beine an. Solange diese Tussi nicht um den Schreibtisch herumkommt … Oder einfach nur weiter als bis zur Hälfte in den Raum tritt …

Fuck, was für eine beschissene Idee!? Hat er mir das Hirn rausgevögelt oder bin ich schon immer so unpraktisch blöd gewesen? Ich tippe auf Intelligenzverlust wegen zu heftiger Orgasmen und muss ein Kichern unterdrücken.

»Mike?!«, quengelt eine unangenehm zickige Stimme. »Wo steckst du? Ich weiß, dass du hier bist, du nichtsnutziger …«

»Was zum Fick willst du denn hier?«, knurrt er und tritt aus dem Durchgang.

Die Zicke schnappt nach Luft. Ich auch. Es geht zum Glück in den nachfolgenden Lauten ihrer Entrüstung unter.

Heilige Scheiße, er steht da mit einem viel zu kleinen Handtuch um die Hüften und sonst nichts. Ein paar Wassertropfen fallen von seiner Haut und noch mehr rinnen daran entlang auf den Boden zu. Ich würde sie alle ablecken und das wäre erst der Anfang. Scheiße, dieser Mistkerl sieht aber auch verboten gut aus!

»W-was ...?!«, ächzt die archetypische ›Karen‹ verstört. »W-wie läufst du hier rum? Und was soll diese Gossensprache?«

Echt jetzt? Ich lege mir die Hand vor den Mund, um nicht hörbar zu schnauben. Gossensprache? Weil er ›zum Fick‹ gesagt hat, oder was? Wo findet man einen so langen Stock, den man sich in den Arsch schieben kann?

Meine Bewegung bleibt nicht unbemerkt. Dep... Officer Mike - den Deputy muss er sich von mir nehmen, wenn er ihn haben will - bemerkt mich und seine Augen weiten sich nicht nur ein wenig. Aber sonst hat er seine Miene wirklich gut unter Kontrolle.

»Ich wollte gerade duschen«, gibt er zurück. »Das sieht man ja wohl. Und du musst auch nicht so tun, als hättest du hiervon irgendwas noch nicht gesehen. Nicht oft, aber ...«

»Ich bin ganz sicher nicht gekommen, um mir von dir Obszönitäten anzuhören oder deine Unsittlichkeit zu bezeugen. Sei nur froh, dass ich Brian nicht mitgebracht habe. Das wäre ja mal wieder ein schönes Beispiel, das du deinem Sohn damit geben würdest ...«

Oh scheiße, er hat einen Sohn?! Oh mein Gott! Mit ... *ihr*?!? Da war er aber wohl hoffentlich bis zur Unzurechnungsfähigkeit besoffen und auf Drogen. Sonst ...

»Lass Brian da raus«, grollt er und ich hänge sofort wieder an seinen Lippen.

Wirklich, wenn er es drauf anlegt, ist er zum Niederknien grimmig. Man muss es leider ziemlich aus ihm herauskitzeln, aber wenn es dann kommt, ist es wie eine Naturgewalt. Ich würde gleich wieder feucht werden, wenn ich es nicht längst schon wäre. Was so ein Schwanz im Hals alles anrichten kann. Aber deswegen wünsche ich es der Schnepfe keinesfalls. Die müsste zwar dringend mal lockerer werden, aber der einzige, verfügbare Schwanz ist *mir*.

»Wegen Brian bin ich hier und das weißt du auch«, zischt sie. »Kannst du dir jetzt bitte was überziehen, damit wir reden können? Oder muss ich einen anderen Polizisten auftreiben, damit er hier Zucht und Ordnung wiederherstellt?«

»Wenn du es schaffst, den guten Sheriff aus seinem Vollrausch zu wecken, lasse ich mich gerne so lange maßregeln, wie er es schafft, aufrecht zu stehen«, schnaubt mein Officer, setzt sich aber in Bewegung.

»W-was …?«, faucht sie, verstummt dann aber auch gleich wieder.

Ich habe keinen Schimmer, was sie dachte, was passieren würde. Aber ich gebe zu, ich habe auch nicht damit gerechnet, dass er zu *mir* kommt. Gut, es ist sein Schreibtisch. Und vielleicht ist es schlau, bevor sie anfängt, hier auf und ab zu stolzieren. Aber …

Äh, okay … Was auch immer ich da gerade denken wollte, es ist in dem Moment weg, als er mit seinem Stuhl etwas näher rollt und ich mir den Platz unter dem Tisch mit seinen Beinen teilen muss. Mir bleibt keine Wahl, als mich an seine Unterschenkel zu drücken. Und sein Handtuch ist wirklich kein Hindernis auf dem Weg zu seinem Schwanz. Vielleicht … ist es doch gar nicht so übel hier …

»Wenn du etwas mit mir besprechen willst, beeil dich. Ich brauche eine Dusche«, lässt er sie wissen. »Und nein, ich werde mich nicht wieder anziehen, damit du mit dem Gefühl hier rausgehen kannst, du hast mir mal wieder gesagt, wo es lang-geht. Entweder du findest dich damit ab, oder du gehst.«

»Siehst du, diese uneinsichtige Unverschämtheit ist genau der Grund, warum wir ...«, will sie sich beschweren.

»Der Grund, warum wir nicht mehr verheiratet sind, ist deine verlogene Hinterfotzigkeit«, knurrt er und lehnt sich et-was in seinem Stuhl zurück.

Verdammte Scheiße, ist das geil! Ich habe das dringende Gefühl, dass er normalerweise nicht so mit ihr spricht, denn sie schnappt buchstäblich nach Luft. Ich finde das großartig! Was gibt ihm jedoch solchen Aufwind, wenn nicht ... meine Anwe-senheit unter seinem Schreibtisch? Und vielleicht die Tatsache, dass er sich bewusst sein muss, wie unglaublich gut er es mir besorgt hat. Nicht, dass ich ihm das jemals bestätigen werde, ohne dass er mir dafür wehtun muss ...

Aber ... wenn ihm das Aufwind gibt, dann kann ich da doch noch eine Schippe drauflegen. Mit einem Grinsen, das er na-türlich nicht sehen kann, lasse ich meine Hände unter das Handtuch in seinem Schoß wandern, bis ich seinen Halbsteifen erreiche und er zusammenzuckt.

»Ich bin nicht hier, um mich mit dir zu streiten oder mich von dir beleidigen zu lassen«, höre ich ihre Zickigkeit verkün-den. »Ich verlange, dass du es dir noch einmal überlegst und die Einverständniserklärung unterschreibst. Das ist wichtig für Brian und ...«

»Richtig für einen Dreijährigen, sich rausputzen zu lassen wie eine Ankleidepuppe, um über einen beschissenen Laufsteg zu stolzieren, damit sich irgendwelche reichen Pädos an seinem Anblick aufgeilen können?«, keucht Mike.

Ich stutze kaum, auch wenn ich nicht ganz verstehe, worum es geht. Mir ist sein Keuchen viel wichtiger, denn daran bin ich schuld. Mit der ihr abgewandten Hand versucht er, mich unter dem Tisch von seinem Schoß fernzuhalten. Was zum Scheitern verurteilt ist. Sein größter Fehler dabei dürfte wohl sein, dass er mich noch mehr einzwängt, weil er möglichst nah an seinen Schreibtisch heranrutscht.

Mir bleibt fast kein Bewegungsspielraum, aber meine Hände bleiben frei. Und sein Schwanz, der mir schnell entgegenwächst, kommt so in die fast perfekte Position. Ich zögere nicht, ihn in meinen Mund zu saugen. Über sein plötzliches Aufstöhnen muss ich fast lachen.

»Was soll denn das?«, faucht seine Ex, die sich offenbar an seiner Unruhe stört. »Wenn du denkst, du könntest mich mit deinem Gezappel aus dem Konzept bringen …«

»Gott im Himmel, Chastity«, ächzt er. »Die Welt dreht sich nicht immer nur um dich, verflucht!«

Chastity?! Ich verschlucke mich fast, als ich ausgerechnet so einen beknackten Namen höre. Keuschheit? Wirklich jetzt? Wer nennt sein Kind denn so?

Ein Nebeneffekt meiner Reaktion ist, dass ich ihn jetzt wieder jenseits meines Rachens habe. Und das quittiert er mit heftiger Anspannung und … einer Hand, die fest in mein Haar greift. Aber *ohne* mich wegzuschieben!

»Hör auf zu fluchen, du Rüpel!«, fordert sie. »Was soll das Gezappel denn sonst?«

»Vielleicht habe ich eine nackte, notgeile Gefangene unter meinem Schreibtisch, die ich zwinge, mir einen zu blasen?«, presst er zwischen zusammengebissenen Zähnen heraus.

»Du bist so ein primitiver Kerl, Mike«, seufzt sie abfällig.

»Und du hast zumindest ganz am Anfang so getan, als wäre das völlig okay«, knurrt er und drückt mich fester auf seinen Schwanz. Was mir nur recht ist, auch wenn ich die Ohren gespitzt lasse. »Aber du wolltest ja auch nur den passenden Vater für ein Kind, den du dann bei allgemeiner Akzeptanz loswerden kannst, ohne dass es einen Skandal bedeutet, nicht wahr?!«

Hoppla …?

»Ich wollte …«

»Einen Idioten, der deinen Vorstellungen von guten, amerikanischen Genen entspricht und der garantiert für sein Kind zahlen würde, den man aber leicht loswird«, fährt er dazwischen. »Denk nicht, du könntest mich so leicht täuschen, wie deinen sauberen Vater und seine weiß-westige Gemeinde.«

»Immerhin waren wir fast drei Jahre lang verheiratet«, schnappt sie.

Autsch. Punkt für die Schlampe. Das ist wirklich idiotenverdächtig lange …

»Jetzt sind wir es nicht mehr«, grollt er und hält mich fest, während sein Schwanz tief in meiner Kehle steckt. Mir geht die Luft aus, aber ich kann auch nicht anders, ich muss meinen Arm zwischen meine Beine bringen und mir drei Finger in die Pussy rammen, so geil ist das.

»Dennoch hast du eine Verpflichtung deinem Sohn gegenüber!«

»Und der komme ich nach, indem ich verhindere, dass du ihn zum Baby-Model machst«, erwidert er hart. »Meine Antwort ist Nein und dabei bleibt es. Du kannst jetzt gehen.«

»Ich werde nicht zulassen …!«, ereifert sie sich.

»**Falsch**!«, schnauzt er. »*Ich* werde nicht zulassen, dass du *mein* Kind wie ein Spielzeug benutzt, um deiner Langeweile zu entkommen.«

»Es ist auch mein Kind!«, schreit sie. »Ich werde mit meinem Vater reden und mit dem Richter, damit …«

»Versuch es«, knurrt er kalt. »Versuch, einen Sorgerechtsstreit gegen einen Polizisten zu gewinnen. Das wird nicht hier verhandelt, Schnucki. Wenn du und dein sauberer Anwalt glauben würden, dass ihr eine Chance habt, würden wir dieses Gespräch nicht führen. Genau deswegen wohne ich ja noch hier.«

»Du … Bastard!«, faucht sie und stampft auf.

Das übertönt praktischerweise mein panisches Einatmen, denn er hat mich wirklich verdammt lange von jeder Luftzufuhr abgeschnitten. Lange genug, dass ich schon wieder buchstäblich auslaufe. Wobei das auch an der knallharten Nummer liegt, die er hier abzieht. Ich mag nicht auf Kinder abfahren, aber ein stahlharter Vater, der für sein Kind einsteht, ist schon ziemlich heiß …

»Schönes Wochenende noch«, sagt er betont freundlich.

»Verreck doch!«, kreischt sie und dann knallt die Tür, als sie sich endlich verpisst.

Erleichtert seufzend lässt er die Anspannung fahren und sinkt in seinen Stuhl, sodass er mich unter seinem Schreibtisch ansehen kann. Ich versuche, unschuldig zu schauen, aber … Nein, ich muss grinsen und mir die Lippen lecken.

»Was mache ich jetzt mit dir und deinem brandgefährlichen Mundwerk?«, fragt er leise.

»Es mir stopfen?«, frage ich so ängstlich, wie ich es gerade im Zustand höchster Erregung hinbekomme. »Officer …«

NEUNTES KAPITEL

Kitty

In meinem Kopf dreht sich alles und mein Magen flattert vor Aufregung, als er mich mit seinem Griff in meinem Haar einfach beim Aufstehen mitzieht. Draußen kann ich die Schritte seiner Ex noch auf dem sandigen Asphalt knirschen hören, bevor eine Autotür zugeknallt wird und schon im nächsten Moment Reifen quietschen. Mein Herz rast bei der Vorstellung, dass sie uns sehen könnte, wenn sie nur wüsste.

Wild sieht er sich um, während ihm das Handtuch von den Hüften rutscht und seinen speichelnassen, harten Ständer freilegt. Ich kann meinen Blick kaum davon losreißen. Ich will das Ding. Aber lieber noch als es mir zu nehmen, wäre mir, es aufgezwungen zu bekommen. Hat er die gleiche Idee?

Ich fange an zu zittern, als er die Gitterwand fixiert, an der ich gestern gefesselt gekommen bin, wie nie zuvor. Er blickt zu mir und ich versuche, eine widerborstige Miene aufzusetzen. Was vermutlich gründlich schiefgeht, denn er grinst fies und zerrt mich in diese Richtung.

Ich packe die Hand in meinen Haaren, denn es zieht ganz schön. Auch wenn mir der Schmerz direkt zwischen die Beine schießt, treibt er mir doch auch die Tränen in die Augen. Mehr Widerstand ist allerdings nicht drin. Meine Knie sind fürchterlich weich, als ich neben ihm her stolpere. Mich runterzudrücken ist ein ziemliches Kinderspiel.

Aus großen Augen sehe ich zu ihm hoch. Er schaut sich um. Ich folge seinen Blicken. Denken ist nicht. Ich will nur, dass etwas passiert. Schnell!

Als er sich bückt und mit den Handschellen im Griff wieder hochkommt, muss ich dennoch schlucken. Nervosität packt mich und versucht, mich komplett zu durchdringen. Mein Herz schlägt mir bis in den Hals und in meinem Bauch spielt sich ein Krieg der Schmetterlinge ab. Vielleicht sind es auch ausgewachsene Vögel. Mein ganzer Leib zittert immer heftiger und … meine Muschi *tropft*.

Er streckt meine Arme hoch über meinen Kopf, bevor er mir die Fesseln anlegt und dabei die Kette wieder durch das Gitter führt. In meinem Rücken spüre ich die kalten Stäbe. Mit weit gespreizten Schenkeln knie ich vor ihm wie auf dem Präsentierteller. Wenn seine Ex-Zicke noch einmal zurückkommt, gibt es keine Chance, dass er mich rechtzeitig losmachen und verstecken kann. Und das … macht es nur noch geiler!

»Was hast du vor?«, ringe ich mir ab.

»Ich stopfe dir das Maul«, knurrt er. »Und es heißt Sir.«

»Aber … du darfst nicht …«, wimmere ich genüsslich.

Er packt meinen Hals und mein Herz setzt kurz aus. Leise winselnd ringe ich nach Luft.

»Du bist eine Verbrecherin und ich bin das Gesetz«, grollt er mit tiefer Stimme. »Du glaubst, du kannst dir alles erlauben und damit durchkommen.«

»Ich … kann nichts dafür, wenn Kerle wie du so … treu-doof sind«, bringe ich stockend hervor.

Gott! Wie es in seinen Augen aufblitzt, als er sofort begreift, wen ich da imitiere. Seine Zähne knirschen und sein Griff wird kurz fester. Meine Pussy zuckt und ein Schwall Nässe quillt aus mir heraus, um mir an den Schenkeln runterzulaufen und auf den Boden zu tropfen.

»Ich zeige dir, wo dein Platz ist«, lässt er mich wissen und löst seine Hand von meinem Hals.

Ich könnte ihn anschreien vor Begeisterung. Wenn er sich allerdings jetzt abwendet … bringe ich ihn um!

Weit reiße ich die Augen auf, als er genau das Gegenteil tut. Urplötzlich packt er mir am Hinterkopf ins Haar und tritt nicht einfach an mich ran, sondern fast schon über mich. Mein Keuchen öffnet seinem Ständer einen Weg in meinen Mund und er zögert nicht, bis in meinen Rachen vorzustoßen, wo er mich zum Würgen bringt.

Mein Oberkörper wird nach hinten gegen die Gitter gepresst und ich sitze praktisch mit der nassen Pussy direkt auf dem Boden zwischen meinen gespreizten Unterschenkeln. Aber der Schock der Kälte an dieser Stelle ist nichts gegen den Schock der Hitze, die mich durchfährt, weil er einfach brutal meinen Mund nimmt und sich ohne meine Hilfe bis in meine Kehle rammt.

Fuck, ist das *geil!* Soll er mein kehliges Stöhnen halt hören. Ich kann ihm sowieso nicht wirklich vormachen, dass irgendwas von dem, was er tut, mir nicht gefällt. Mein verräterischer Körper schreit in Neon-Leuchtschrift heraus, wie spitz ich bin.

Es ist wie ein Traum, der wahr wird. Ein muskulöser Körper, der mich ohne die geringste Rücksicht zwingt, seinen dicken Schwanz zu schlucken. Mit harten, weiten

Hüftbewegungen schiebt er sich immer wieder bis in meinen Hals hinein. Kaum zieht er sich lange genug zurück, um mir einen hektischen Atemzug zu ermöglichen, dann fährt er auch schon wieder hinein.

Seine Hände sind in meinem Haar und halten meinen Kopf fest gepackt. Er richtet sich ihn so, wie er es will. Ich habe keine Chance, etwas dagegen zu tun. Ich kann nur meinen Nacken und meine Kiefer entspannen und ihn nehmen, wie er sich mir aufzwingt.

Spucke läuft mir aus dem Mund und tropft auf die heiße Haut meiner Brüste. Sie läuft in das Tal dazwischen, aber auch über meine Nippel. Ich spüre den Kitzel und wie sie weiter hinunter rinnt, bis sie über meinen Bauch in meinen Schoß findet. Wo sie auf andere Nässe trifft, mit der sie sich vermischen kann. Nässe, die auch in Strömen fließt und eine Pfütze auf dem Boden zwischen meinen weit gespreizten Beinen bildet. Eine Lache, die ich spüre, weil ich mit meiner Pussy buchstäblich darin sitze und mich darin bewege.

Ich hatte noch nie einen, der es sich an mir so besorgt hat. Aber geträumt habe ich davon! Dass er Polizist ist und das alles eigentlich nicht darf, macht es nur noch schärfer. Das ist verdammte Polizeigewalt. Er benutzt nicht nur seine Stärke, sondern auch seine Autorität und Position. Er *miss*braucht seine Macht, um mich zu benutzen. Und ich vergehe dabei vor Lust.

Als er sich zurückzieht und mir einmal mehr als einen einzigen Atemzug gewährt, bin ich … wirklich enttäuscht. Ich reiße die Augen auf, die mir zugefallen sein müssen, um ihn anzufunkeln. Er blickt auf mich hinab und studiert mich. Das warme Gefühl, als ich echte Fürsorge in diesen Augen entdecke, dränge ich ganz weit weg. Das *will* ich nicht. Nicht jetzt gerade.

»Bullenschwein«, keuche ich. »Dafür kriege ich dich am Arsch!«

Sein Blick verdunkelt und verhärtet sich sofort wieder und mir läuft ein gewaltiger Schauer über den ganzen Körper, der es fast unmöglich macht, ein Stöhnen zu unterdrücken. »Der einzige Arsch, der hier in Gefahr ist, sitzt in einer Pfütze aus Geilheit«, grollt er.

Fuck!! Für einen Augenblick kann ich ihn einfach nur anhimmeln und stumm nach mehr flehen. Mehr von alldem. Mehr von dieser Art, mit mir zu sprechen. Und verdammt noch mal auch das zu tun, was er mir androht. *Das* will ich!

»Wenn du denkst, du könntest mich an einem Wochenende brechen und dir hörig machen ...«, ringe ich mir atemlos ab.

Er mustert mich eindringlich und grinst dann bösartig. »Ich bin zu leicht zu durchschauen, hm?«

Ich schnaube abfällig und dann reitet es mich und ich spucke ihm schwungvoll auf den Schwanz, der noch dicht und drohend vor meinem Gesicht steht. »Vergiss es!«, fauche ich angriffslustig.

»Du wirst mich anflehen, dich hierzubehalten und für immer wegzusperren«, knurrt er und festigt schmerzhaft seinen Griff in meinen Haaren.

»Fick dich!«

»Nein. Ich ficke dich. In dein Schandmaul.«

Und das tut er dann auch wieder. Genauso hart und rücksichtslos, wie zuvor. Aber nicht so schweigsam und nur von seinem und meinem heftigen Atmen und gelegentlichen Keuchen und Stöhnen unterbrochen. Jetzt bricht der letzte Damm und ich bekomme die volle Ladung ab ...

»Du brauchst es doch genau so«, stöhnt er. »Du läufst aus vor Geilheit, weil du genau weißt, dass du diese Behandlung verdienst. Du bist ein notgeiles, hemmungsloses Stück Fickfleisch und ich werde dich benutzen, wie es mir passt.«

Shit, wenn er so weitermacht ...

»Ich bin hier das Gesetz und du gehörst mir. Dein Mund und deine Kehle gehören mir!«

Oh ...

»Deine klatschnasse Pussy gehört mir!«

Mein ...

»Und dein kleiner, enger Verbrecherarsch gehört auch mir!«

Gott!

Die Stöße bei jedem Wort und wie er sich für einen Moment ganz in mir versenkt nach jeder Aussage ... Die Härte seines Tons und auch genau das, *was* er sagt ... Dieses überwältigende Gefühl, frei von jeder Wahl zu sein und ihm all meine Lust geben zu *müssen*, weil er sich von mir nehmen kann, was er will ...

Es fühlt sich wie Stöße in meiner Pussy im Takt zu den Stößen in meinem Hals an. Direkt auf meinen G-Punkt. Unbarmherzig. Erbarmungslos. Unentrinnbar.

Ich bin noch **nie** gekommen, ohne am Unterleib berührt zu werden. Ich hätte geschworen, dass es unmöglich ist. Selbst wenn es mir leichtfällt mit meinen eigenen Händen oder einem geschickten Partner. Aber beim Blasen ...?!

Doch genau das passiert. Es ist wie ein Peitschenschlag, der meinen ganzen Körper unter Strom setzt und mir fast das Bewusstsein raubt. Es kommt von tief innen. Es ist nass. Es ist hart. Es ist ein gewaltiger, erderschütternder Orgasmus, wie ich kaum jemals einen erlebe. Vom *Blasen!*

Und er hört nicht auf!!

Scheiße, verfickte! Ich kann nicht atmen! Ich kann ihm nicht entgehen! Er fickt meinen Hals noch härter und durch das Rauschen in meinen Ohren höre ich ihn immer lauter stöhnen. Sein Schwanz pulsiert, vibriert und beginnt zu zucken. Bis zum Anschlag und dann noch weiter rammt er ihn mir hinein.

Ich zucke selbst und zittere wie bei einem Anfall. In meinem Kopf explodiert *noch ein* Feuerwerk, als es mir heiß in den Hals schießt. Ich kann kaum schlucken, so wenig Kontrolle habe ich über meinen eigenen Körper. Weil der kommt wie ein verfickter Güterzug! Mit Orgasmus *im* Orgasmus!

Und er …! Er kommt auch. Er kommt in meinem Hals. Scheiß auf Luft! Wenn ich jetzt sterbe, bin ich schon im Himmel. Vielleicht ist es kein Scherz, dass er mich hörig machen könnte, denn *hiernach* … bin ich jetzt schon süchtig!

Es tut mir in der Seele weh, als er von mir ablässt. Zu plötzlich und ruckhaft. Zu viel Leere, während ich noch im Höhepunkt feststecke. Es ist, als würde mir ein Teil meiner selbst entrissen. Auch wenn ich panisch nach Luft ringe, würde ich mein Leben geben, um ihn wieder in meiner Kehle zu haben, wo er mir den Atem raubt.

Dann ist er plötzlich überall. Vor mir. Um mich. An mir. Bei mir.

Seine Präsenz umschließt mich und fängt meinen Sturz ins Bodenlose auf. Ich heule los, als wäre ich wieder ein Kind und mein blöder Hamster hätte sich noch einmal vom Küchentisch in den Tod gestürzt. Ich kann es nicht aufhalten. Es passiert einfach.

Irgendwie kommen meine Arme frei und ich weiß nichts, als sie um ihn zu schlingen und mich an ihn zu klammern. Warum heule ich so krampfhaft und unaufhaltsam? Ich war noch nie so glücklich, erfüllt und befriedigt wie gerade jetzt, verdammt!

Beruhigende Laute dringen an mein Ohr und die Wärme seiner Nähe fließt in mich hinein, wie sein Sperma in meine Kehle und gestern Abend in meine Pussy. Ich lasse sie mich durchdringen. Ich brauche das, sonst verliere ich mich selbst in dem Chaos meiner Gefühle und Empfindungen.

Scheiße, war das heftig.

Scheiße, *ist* das … *gut.*

ZEHNTES KAPITEL

Mike

Tränen sind das Letzte, was ich erwartet habe. Als ich sie entdecke, bin ich zutiefst erschüttert. Für einen schrecklichen Moment bin ich ein Monster, das sich einer Frau aufgezwungen und sie dabei zutiefst verletzt hat. Ein abartiges Stück Scheiße von der Sorte, die hinter Gitter zu bringen der ursprüngliche Grund war, Polizist zu werden.

Unbeholfen lasse ich von ihr ab und muss doch wieder zu ihr hin, um sie zu halten, während ich die Handschellen öffne, in denen sie hängt. Doch dann ... umklammert sie mich haltsuchend und alles ist von einem Augenblick auf den anderen ganz anders.

Es ist verrückt. Ich fühle mich so männlich, wie es mit Chastity nie möglich war und wie ich es auch mit ihren Vorgängerinnen nie erlebt habe. Ich wollte immer die Schulter sein, auf die sie sich stützen können. Aber es war ein ewiger Kampf. Ein ewiges Gegeneinander. Vor allem mit meiner Ex-Frau.

Hier und jetzt ist das anders. Die Frau, bei der ich von einem Moment auf den anderen nicht weiß, ob sie mich reizen oder ernsthaft beleidigen will, gibt mir genau dieses Gefühl, nach dem ich immer gesucht habe. Sie, der ich mich wirklich aufgezwungen habe und deren Gegenwehr ich dabei brach, öffnet sich mir auf eine völlig unvorhergesehene Weise und trifft mich damit tief.

Ich halte sie, weil ich weiß, dass es genau das ist, was sie braucht. Ich halte sie fest und sage kein Wort. Nur die Laute, die jeder Vater eines kleinen Kindes kennt, kommen aus meinem Mund. Ich weiß gleichzeitig, dass es nicht Trost ist, den sie sucht. Sie braucht Halt. Und zwar von dem Mann, der sie über ihre Grenzen geführt hat.

Es gibt keine Anleitung dafür. Ich knie vor ihr und je mehr sie mich umschlingt, desto mehr rutscht sie auf meinen Schoß. Mein Schwanz hat seine ganz eigene Meinung dazu. Obwohl ich einen Weltklasse-Orgasmus hatte, bleibt er ein wenig steif. Je näher sie mir kommt, desto fester wird er wieder.

Ich weiß, dass jetzt nicht der Zeitpunkt ist. Ich bin mir nicht sicher, ob es überhaupt noch einmal einen solchen Zeitpunkt geben sollte. Was hier geschieht ist nicht wirklich ein Spiel und ich fühle die Gefahr, die es darstellt, deutlich in meinem Nacken brennen. Was nichts mit meiner Karriere zu tun hat und alles mit einem Herz, das noch voll tiefer, kaum verheilter Wunden ist. Kein Thema, dem ich mich jetzt widmen kann oder will.

Es ist jedoch unmöglich, auf Distanz zu gehen. Diese Frau - Kitty - braucht mich jetzt gerade und ich schulde ihr nicht nur die ausgleichende Zärtlichkeit, ich ... *will* das. Es fühlt sich gut an. Es fühlt sich *richtig* an!

Ich weiß nicht, wie viel Zeit vergeht, bis sich etwas verändert. Es ist auch völlig gleichgültig. Ob meine Knie schmerzen, weil sie unser beider Gewicht tragen müssen, ist unerheblich.

Wenn nötig bleibe ich bis zum Sankt Nimmerleinstag an Ort und Stelle.

»Ich … bin völlig geschafft, Sir«, wispert sie mir schließlich ins Ohr. »Ich gebe auf.«

»Wir sollten …«, beginne ich sanft und sie spannt sich an. Nur eine Winzigkeit, aber spürbar.

»Ich beantworte jede Frage und sage die Wahrheit«, unterbricht sie mich. »Ich … würde dem Deputy sogar die Füße küssen, wenn ich duschen dürfte.«

Mir entgeht nicht, wie sie sich ausdrückt. Ich weiß nicht so recht, ob mir das lieb ist. Sie will dieses Spiel mit dem Feuer offenbar nicht aufgeben, obwohl sie sich gerade erst daran verbrannt hat. Wenn ich in mich hineinhorche, wird allerdings jeder besonnene Gedanke vom Pochen des Bluts in meinem Schwanz übertönt, der weiterhin eine ganz eigene Meinung zu allem hat.

»Eine Dusche …«, murmele ich und konzentriere mich ganz darauf. »Ja, das lässt sich einrichten.«

Damit erhebe ich mich und stelle sie auf äußerst wackelige Beine. Sie zittert sofort und will sich festkrallen, aber ich nehme sie schnell auf die Arme und der Anfall von Schwäche - oder etwas anderem - legt sich.

Ich weiß, dass sie mich durch den Vorhang in ihr Gesicht hängender Haare beobachtet, während ich sie in den hinteren Teil des Reviers trage. Ich sehe gelegentlich ein wenig Auge aufblitzen und merke, wie intensiv ihr Blick ist. Ich erwidere ihn jedoch nicht.

Eine Dusche und dann … reden wir. Es wird Zeit, diesen Wahnsinn wieder mit Vernunft zu bekämpfen und nicht mit … Begierde. Es wird Zeit, wieder das Richtige zu tun.

Der Waschraum für die Polizisten des Reviers ist klein, aber immerhin hat die Dusche eine normale Größe und ist ebenerdig. Notgedrungen trete ich hinein und setze sie ab. Aber ich komme nicht dazu, mich abzuwenden, wie ich es tun sollte, weil es das richtige Verhalten ist.

»Bleib«, haucht sie. »Bitte …«

Entwaffnend ist kein ausreichendes Attribut für die Kombination aus Blick und Tonlage ihres Flehens. Unwiderstehlich schon eher. Ich kann nicht einmal antworten. Ich bleibe einfach nur stehen und drehe dann wie ferngesteuert das Wasser auf.

Es ist mehr als seltsam, mit dieser praktisch fremden und doch zugleich auf einer Ebene schon so vertrauten Frau in der schäbigen, alten Duschkabine des schäbigen, alten Polizeireviers zu stehen. Eine Situation, die mich alle Entscheidungen meines bisherigen Lebens noch einmal überdenken lässt, ohne dass ich auf ein Ergebnis hoffen dürfte.

Sie reckt das Gesicht dem Wasser entgegen und ich finde das Lächeln auf ihrem entspannten Gesicht mit den geschlossenen Augen ziemlich umwerfend. Sie ist eine verdammte Schönheit. Nicht auf die sehr sorgsam zurechtgestylte, irgendwie künstliche Weise, die ich von Chastity kenne. Auf diese Art von gutem Aussehen bin ich einmal reingefallen. Das passiert mir nicht wieder.

Nein, diese Kitty hat eine viel weniger perfekte, echtere und … witterungsbeständigere Schönheit. Sie ist nicht makellos, aber an ihr stimmt einfach alles. Es hält selbst dann, wenn sie völlig erschöpft ist oder gerade aus dem Bett kriecht, wie ich nun weiß.

Dabei hat sie - zumeist - aber auch noch eine gewisse Ausstrahlung, die von ihr ausgeht. Etwas, das mir das Gefühl gibt, ein Dorfjunge zu sein, der außerdem noch grün hinter den Ohren ist. Ich kann es nicht genauer benennen, aber es reizt mich dauernd, ihr meine Überlegenheit zu beweisen, obwohl das der größte Unsinn ist.

Jetzt gerade betrachte ich sie allerdings einfach nur friedlich und bin froh, dass sie das warme Wasser sichtlich genießt. Nach einer kleinen Weile senkt sie wieder den Kopf und öffnet die Augen. Sie funkeln mich schelmisch, aber auch gefühlvoll an.

»Willst du mich nicht waschen?«, wispert sie.

»Äh, ja ...«, mache ich ertappt und stutze dann. Hat sie gerade von sich statt von mir gesprochen?

»Du bist doch sonst nicht schüchtern, wenn es darum geht, mich anzufassen«, neckt sie.

Es fehlt dieser provokante Unterton, von dem ich mehr und mehr merke, dass es ein perfekt auf mich abgestimmter Tonfall ist, mit dem sie mich wütend machen *will*. Jetzt gerade ist ihr Necken eher sanft.

»Vielleicht warte ich ja darauf, dass du erst einmal deinen Pflichten nachkommst und dich um mich kümmerst«, gebe ich weitaus weniger spontan zurück, als mir lieb ist.

Ihre Augenbraue wölbt sich und sie studiert mich sehr genau. »Ist das so ...?«, haucht sie.

Ich nicke.

»Verzeihung, Sir«, wispert sie dann und geht in die Hocke. »Ich kümmere mich sofort darum ...«

Ich weiß nicht, was es ist, aber ich packe sie unter den Achseln und ziehe sie wieder hoch, um sie sofort gegen die einzige, feste Wand der Duschkabine zu drücken und mit meinem Körper an Ort und Stelle zu fixieren. Dann … küsse ich sie.

Einen Sekundenbruchteil lang ist sie steif wie ein Brett und das letzte, was ich von ihrem Gesicht sehe, bevor ich die Augen schließe, ist der schockierte Ausdruck. Sie atmet hart durch die Nase ein. Ich unterbreche den unerwiderten Kuss. »Fuck …«, zischt sie leise. Noch ein Atemzug. »Fuck!«

Die Peinlichkeit, mich ihr stellen zu müssen, nachdem sie mich so abserviert hat, bleibt mir erspart. Diesmal ist sie es, die mich küsst. Und sie tut es mit der gleichen Leidenschaft, die alles zu bestimmen scheint, was sie anfängt.

Ihre Arme und Beine umschlingen mich und ihre sich teilenden Lippen verlangen von mir, ihrer Zunge mit meiner zu begegnen. Noch einmal muss ich daran denken, wie ich sie beschreiben würde: unwiderstehlich. Sie küsst mit allem, was sie hat und ich kann ihr nur auf gleicher Höhe begegnen. Es ist gleichzeitig erregend und … verdammt *einschüchternd*.

Als wir uns Minuten später weit genug voneinander lösen, um nach Luft zu schnappen, sehe ich etwas Neues in ihren Augen. Und daneben steht *Angst*. Stumm fleht sie mich um etwas an, was ich nicht benennen kann. Und dennoch verstehe ich es.

»Lass mich … dich waschen, ja?«, wimmert sie fast.

Ich nicke nur und gebe ihr den benötigten Raum dazu. Erst dabei fällt mir auf, dass mein wieder harter Schwanz direkt an ihrer heißen Spalte gelegen hat. Wir keuchen beide, als der Kontakt so abrupt endet.

Während sie in die Hocke geht und sich tief durchatmend demonstrativ zuerst um meine Beine kümmert, stütze ich mich an der Wand ab und mache es ihr nach. Was zum Fick war das gerade? Und warum tut es fast weh, dass es vorüber ist?

Nein, das ist nicht gut. Gar nicht gut! Das Feuer, mit dem wir die ganze Zeit spielen, nimmt langsam die Ausmaße eines spätsommerlichen Waldbrands an, der den gesamten Bundesstaat bedroht. Ich weigere mich allerdings noch immer, meine Blockhütte im Epizentrum der Sache zu verlassen.

Aber … Gottverdammt! Ich habe mich noch nie so lebendig gefühlt! So begehrt auch nicht. Ich merke gerade, wie beschissen mein ganzes, bisheriges Leben verlaufen sein muss, wenn ich das jetzt zum ersten Mal fühle. Nur der Gedanke an meinen Sohn Brian berührt auf ähnlich intensive Weise mein Herz.

»Steh auf!«, grolle ich.

Sie keucht erschrocken und blickt zu mir hoch, wo sie eindeutig kurz vor der Intensität meines Blicks zurückschreckt. Trotzdem folgt sie dem Befehl und in ihren Augen funkelt es emotionsgeladen.

»Mike …«, setzt sie an, mir etwas Gewichtiges zu sagen. Ihr ernster, zögerlicher Ton verrät sie. »Oh-fuck!«, japst sie gleich darauf und stöhnt dann heftig.

Diesmal sind es ihre Hände, die in mein kurzes Haar greifen, denn ich bin auf die Knie gefallen und vergrabe mein Gesicht in ihrem Schoß. Er ist die Quelle des Geruchs, der mich in den Wahnsinn treiben will. Er ist die Quelle, aus der ich jetzt trinken *muss*!

»Oh Gott, oh fuck!«, wimmert sie und reckt das Becken vor, um mir mehr und besseren Zugang zu gewähren. »Oh shit, oh shit, oh shit …«

Ich fahre mit der Zunge durch ihre Spalte und strecke sie so weit wie möglich heraus, um auch in ihren Eingang abtauchen zu können. Dann suche und finde ich ihren Kitzler. Er ist prall geschwollen und pocht geradezu. Schon die erste Berührung lässt sie aufschreien.

»D-deputy!«, winselt sie wie in höchster Not. »Fuck, pass bloß auf! Bei dir ... scheine ich nur ... spritzen zu können ...«

»Dann mach«, knurre ich und fühle ein hartes Pulsieren in meinem Ständer, der eigentlich längst jeden Dienst verweigern müsste, so wie er in nicht einmal einem Tag beansprucht wurde. Bei dieser Frau ... ist das jedoch einfach keine Option.

»Aber ...«, will sie schwach protestieren.

»Mach!«, befehle ich hart und finde mit zwei Fingern zielsicher ihren Eingang. »Wehe du hältst etwas zurück.«

»*Fuck*!«, japst sie und wirft den Kopf in den Nacken, um ein tiefes, heftiges Stöhnen folgen zu lassen.

Gleich darauf spüre ich, wie ihr Innerstes beginnt, sich um meine Finger zusammenzuziehen. Selbst an ihrem Kitzler wird der Geschmack nach *ihr* stärker. Auf den konzentriere ich mich, sobald ich den Gegenpol dazu in ihrem Inneren gefunden habe.

»Das gibt es doch gar nicht!«, schluchzt sie laut. »Das kann doch nicht wahr sein!«

Und dann passiert auch schon genau das, wovor sie mich warnen wollte. Das macht mir allerdings rein gar nichts aus. Im Gegenteil, ich ziehe schnell die Finger zurück und presse meinen Mund direkt auf die Quelle.

Mit der Zunge versuche ich, mich dem entgegenzustellen. Währenddessen zieht sie an meinen Haaren und wimmert langanhaltend. Ihr Körper zuckt unter den krampfartigen Muskelbewegungen, die sie durchfahren. Ihr Atem geht stoßweise. Ihre Beine beginnen wieder vor Schwäche zu zittern.

»Du bringst mich noch um«, keucht sie ungläubig. »I-ich ... kann nicht mehr.«

»Ich sage dir, wann du genug hast«, brumme ich und gleite an ihr hinauf.

»Off…«, will sie ansetzen.

Aber ich küsse sie noch einmal, ohne darüber nachzudenken, was mein Gesicht bedeckt. Und so finde ich heraus, dass ihr das nicht das Geringste ausmacht.

»Und jetzt brauchst du eine Pause«, verkünde ich danach. »Sobald du wirklich sauber bist …«

ELFTES KAPITEL

Kitty

Nein-nein-nein! Das darf nicht sein! Oh mein Gott. Ich kann das nicht gebrauchen. Nicht jetzt. Eigentlich nie!

Meine Gedanken wirbeln umher und meine Gefühle fahren Achterbahn. Ich weiß nicht, ob ich hysterisch lachen, glücklich strahlen oder mich heulend in einer Ecke einrollen soll.

Die ganze Situation wächst mir über den Kopf und ich weiß nicht, wie ich da wieder rauskommen soll. Die Frage, ob ich das überhaupt noch will … darf und werde ich mir nicht stellen. Basta!

Fatalerweise - oder zum Glück? - bekomme ich keine Gelegenheit, weiter darüber nachzudenken. Mike wickelt mich in ein großes Handtuch ein, während er sich das kleine Exemplar holt, das er beim Gespräch mit seiner Ex um die Hüften getragen hat. Ich weiche seinem Blick aus, der mich immer wieder nachdenklich und viel zu intensiv streift.

»Hunger?«, durchbricht er die Stille.

Ich will schon verneinen, denn ich weiß, wir müssen die Situation klären, da meldet sich mein Magen lautstark. Mit einem schuldbewussten Lächeln nicke ich. Es ist wie eine Galgenfrist vor dem Unausweichlichen und ich ergreife die Chance, um doch noch ein wenig Zeit zu schinden. Ich bin so ein verdammt dummes und schwaches Frauenzimmer.

Aber kann man es mir denn verübeln? Das ist der beste Sex, den ich je gehabt habe. Ich fühle mit schmerzhafter Gewissheit, dass ich so etwas nie wieder finden werde. Rein körperlich, natürlich. Es hat überhaupt nichts damit zu tun, dass er auch noch andere Seiten in mir zum Klingen bringt.

Wir gehen in einen kleinen Aufenthaltsraum. Er ist wie der Rest des Departments zwar sauber, aber abgenutzt und absolut altbacken. Neben einer winzigen Küchenzeile gibt es einen wackeligen Holztisch mit vier Stühlen daran und einen mickrigen Röhrenfernseher, der an der Wand befestigt ist.

Gott, wenn dieses Kaff genauso wie seine Polizeistation ist, dann gute Nacht. Hier liegt ja der Hund begraben. Was der Auftritt seiner verklemmten und spießigen Ex absolut bestätigt hat.

Der Gedanke an diese Ziege löst widersprüchliche Gefühle aus. Ich weiß nicht, was ich davon halten soll. Einerseits bin ich froh, dass er nicht verheiratet ist und ich nicht gerade mit einem vergebenen Mann den härtesten, heißesten und besten Sex hatte. Andererseits ... kann es mir auch scheißegal sein. Wenn, dann hätte er das vor sich und ihr rechtfertigen müssen. Mich geht das nichts an und es betrifft mich auch nicht.

Aber ... wie um Himmels willen konnte er so lange mit so einer unglaublichen Zicke verheiratet sein? Diese Tussi ist von Kopf bis Fuß pures Gift und ihre diskutable Schönheit ist furchtbar künstlich. Das einzige Argument, das mir einfallen würde, wäre absolut heftiger und tabuloser Sex. Was nach allem, was ich mitangehört habe, auch ausgeschlossen werden kann. Ist er nur wegen des Kinds mit ihr zusammengeblieben?

Geht mich das was an? Es ist nicht mein Problem und ich will es auch nicht lösen, Punkt.

»Setzen«, reißt mich seine tiefe Stimme aus meinen fiesen Gedanken. Sie ist nicht so dominant wie eben noch, aber autoritär genug, dass es mir direkt eine Gänsehaut beschert.

»Zu Befehl, Officer«, kann ich mir nicht verkneifen ihn ein wenig zu reizen.

Und ich werde sofort belohnt, als sein Blick sich verfinstert und es in seinen Augen aufblitzt. Ich bin jetzt schon süchtig danach. Aber ich weiß genau, wer mit dem Feuer spielt, wird sich über kurz oder lang daran verbrennen.

Ich beobachte das faszinierende Muskelspiel während er Kaffee aufsetzt und danach in dem kleinen Kühlschrank herumsucht. Er ist total meine Kragenweite. Groß, gut gebaut und Muskeln an den richtigen Stellen. Kein Schönling oder Model, sondern kantig-männlich. Sein Dreitagebart verleiht ihm etwas Verruchtes. Eine brandgefährliche Mischung, selbst für ein abgestumpftes Miststück wie mich.

Die Sahneschnitte nach meinem Geschmack mit dem richtigen Händchen für meine Libido richtet sich nach kurzem Wühlen im Kühlschrank auf und hält eine Pappverpackung hoch. »Es gibt leider nur Eier. Magst du Omelett?«, fragt er entschuldigend, was bei mir sofort eine Gegenreaktion auslöst.

»Ich weiß nicht«, ich lächele ihn unschuldig an und zucke mit den Schultern. »Sag du es mir, Officer.«

So schnell kann ich gar nicht schauen, wie er die Packung abgelegt hat, um den Tisch herum ist und mich mit einem Griff am Hals vom Stuhl zerrt.

Mit einem Aufkeuchen und schlagartig weichen Knien blicke ich ihn betont demütig unter gesenkten Augenlidern an. Gott, dieser Mann ist einfach der Wahnsinn.

»Es heißt Deputy und Sir«, grollt er. »Wie oft soll ich das noch wiederholen?«

»Bis ich es gelernt habe, Sir?«, schlage ich vor und beiße mir auf die Unterlippe.

Er atmet tief ein und seine Wangenmuskeln arbeiten. Dann drückt er mich auf den Stuhl zurück. »Du isst Omelett«, beschließt er und geht zur Küchenzeile zurück, auf der nicht nur die Kaffeemaschine steht, sondern auch eine Campingkochplatte.

Routiniert holt er Pfanne und Schüssel hervor und schlägt die Eier auf. Es hat noch nie ein Mann für mich gekocht und ich muss gestehen, dass ich es total heiß finde. Eigentlich hatte ich immer gedacht, dass mich ein Mann am Kochtopf abturnen würde, aber das Gegenteil ist der Fall. Ich kann mich einfach nicht sattsehen und meine Pussy, die dieses Wochenende so leidenschaftlich rangenommen wurde, wie schon sehr lange nicht mehr, zieht sich schon wieder lustvoll zusammen. Ich bin einfach ein Junkie und er ist die perfekte Droge.

Es ist aber auch schlicht unfair, wie scharf er in seinem viel zu knappen Handtuch aussieht, während er herumhantiert, bis sich die Eiermasse in der Pfanne befindet. Und dann kann er auch noch diesen albernen Angebertrick, bei dem man das Omelett hochwirft und mit der Pfanne wieder auffängt. Poser! Aber auch *heiß* ...

Als er mir schließlich eine Tasse Kaffee und einen Teller hinstellt, siegt allerdings vorerst der Hunger in meinem Bauch über den Hunger zwischen meinen Schenkeln. Ich fange an zu essen und muss an mich halten, um nicht zu stöhnen. Fuck, das ist *gut*! Das muss der Hunger sein, der es so lecker macht. So etwas Einfaches wie Omelett darf nicht so unverschämt schmackhaft sein.

Gerade, als der scharfe Koch der Köstlichkeit sich mit seiner Portion zur mir setzen will, ertönt ein Schrillen und ein kleines Licht neben dem TV leuchtet auf.

»Da muss ich drangehen. Iss weiter, ich komme gleich wieder.« Er stellt den Teller ab, nimmt aber seinen Kaffee mit.

Mangels einer Alternative denke ich darüber nach, was das Schrillen zu bedeuten haben mag. Es scheint ein akustisches Signal für das Telefon zu sein, denn ein Klingeln konnte man hier nicht hören. Kurz kommt es mir sehr modern für so eine altbackene Polizeistation vor, dann fällt mir auf, dass der Ton eher wie aus einem alten Film klang. Also vielleicht doch nicht wirklich modern …

Ich esse mit großem Hunger weiter. Vor dem geplatzten Date hatte ich extra kaum etwas zu mir genommen, damit ich nicht währenddessen aufs Klo gehen muss. Wenn ich gewusst hätte, was der Kerl für eine Lachnummer ist … Egal, über den Idioten muss ich mir zum Glück nicht mehr den Kopf zerbrechen.

Ich kratze gerade die letzten Krümel des möglicherweise besten Omeletts meines Lebens zusammen, als Mike zur Tür hereinkommt. Komplett angezogen!

Scheiße, sieht der Mann in Uniform heiß aus. Ich sauge meine Lippe zwischen die Zähne und mein Körper reagiert mit einem heftigen Kribbeln. Ein Schauer läuft mir über den Rücken und ich reibe die Beine aneinander. »Willst du mich jetzt verhaften, Officer?«, kann ich mir nicht verkneifen und hoffe, obwohl jeder Muskel in meinem Körper wehtut, dass er mich in den Haaren packt und wieder vor sich auf den Boden drückt.

Er scheint zu überlegen und kommt dann langsam näher. Geschmeidig wie ein Raubtier bewegt er sich auf mich zu und mir läuft meine Pussy über. Zittrig atme ich unter seinem intensiven, harten Blick ein und kann kaum noch stillsitzen. Mike beugt sich zu mir hinunter und sein Atem streift meinen Hals. Seine Lippen berühren ganz leicht mein Ohr. Shit, diese Sanftheit ist Folter pur. »Ich habe dich doch schon längst verhaftet.« Seine Stimme ist sanft und seine Hand fährt meinen Arm hinab.

Mein Herz schlägt immer heftiger. Ungeniert räkele ich mich vor ihm, sodass mir das Handtuch um den Leib verrutscht und ihm offenbart, wie es schon wieder um mich bestellt ist. Es ist zum Auswachsen, wie bereit ich für diesen Mistkerl bin, sobald er auch nur in meine Richtung sieht. Als ich kühles Metall an meinem Handgelenk fühle und die Schelle zuschnappen höre, atme ich hektisch ein.

Mit einem ziemlich fiesen Lächeln richtet er sich auf. »Und ich sorge dafür, dass du während meiner Abwesenheit nicht weglaufen kannst.«

»Wie meinst du das?« Ich runzele die Stirn, während er um den Tisch herumgeht und sich Kaffee in einen Pappbecher mit Deckel abfüllt.

»Es wird nicht lange dauern. Die Katze einer alten Dame sitzt mal wieder auf ihrem Lieblingsbaum und kommt nicht herunter.«

Ich starre ihn wortlos an. Das muss ein Scherz sein! Er wird jetzt nicht wegfahren und mich an diesem Stuhl gefesselt zurücklassen!

»Machs dir gemütlich«, sagt der Mistkerl und … geht tatsächlich.

»Das kannst du nicht machen«, keuche ich und reiße meinen Arm hoch, der abrupt durch die Handschelle gestoppt wird. »Mach mich sofort los!«

Sein tiefes Lachen dringt durch die mittlerweile geschlossene Tür und dann höre ich, wie er abschließt.

»Du Scheißkerl!«, schreie ich und lausche dann. Nichts rührt sich. »Du mieses Bullenschwein!«

Das kann doch nicht wahr sein. Er kann das doch nicht machen! Aber da er nicht zurückkommt, scheint er es wirklich durchzuziehen. Er geht den Cop spielen und irgendeine Muschi retten. Und was ist mit meiner Pussy? Die muss auch dringend gerettet werden. Vor dem Ertrinken!

»Arschloch«, fauche ich, packe die Tasse und will sie am liebsten an die nächste Wand pfeffern. Tief durchatmend nehme ich den Arm wieder runter. Nicht der gute Kaffee!

»Du bist ganz bestimmt nicht hungrig«, murmle ich und ziehe mir seinen Teller heran. Ein Blick auf das perfekte Omelette lässt auch den Gedanken, dass es sich sehr gut an der Wand machen würde, schnell wieder verschwinden. Noch einmal atme ich tief ein und packe ich mir die Gabel. Soll er sich doch noch eins machen. Oder verhungern. Der Scheißkerl!

Das Kratzen des Metalls auf dem Teller, das gelegentliche Gluckern der Kaffeemaschine und das leise Knarzen des Stuhles sind die einzigen Geräusche, die ich höre. Ansonsten herrscht absolute Stille. Noch nicht einmal irgendwelche Rasenmäher - wie sie samstags in so einem Kaff hordenweise in Betrieb sein müssten - dringen durch das vergitterte Fenster. Hinter dem Gebäude scheint es nur Bäume und sonst nichts zu geben.

Nach dem Essen bin ich allein in dieser perfekten Ruhe und habe keinerlei Ablenkung mehr. Meine Gedanken beginnen zu wirbeln und wollen mich zwingen, ihnen Aufmerksamkeit zu schenken. Gefesselt kann ich ihnen nicht weglaufen und es gibt nicht mal ein Radio, auf dessen Gedudel ich mich konzentrieren könnte.

Mit einem frustrierten Seufzen lehne ich mich im Stuhl zurück und werde sofort wieder an meine Handfessel erinnert. Ich rüttele daran und mein Blick schweift am Stuhl hinab. Was in aller Welt …?!

Ich schüttele den Kopf und doch breitet sich eine dämliche Wärme in meinem Bauch aus. Die Stuhlbeine haben eine Querverstrebung für zusätzliche Stabilität, sonst wären sie vermutlich schon vor langer Zeit auseinandergefallen. Er hat mich *unter* dieser Holzstange ans Stuhlbein gefesselt! Ich könnte mit Leichtigkeit das Stuhlbein aus der Fessel heben und wäre frei. Das … war kein Versehen.

Und genau dieser Umstand - dass er mir die Möglichkeit gibt, mich frei zu bewegen, wenn es sein muss oder ich wirklich will - lässt schon wieder diese blöden Schmetterlinge anfangen mit ihren Flügeln zu schlagen. Dabei habe ich nur wieder einmal den Kick gebraucht. Ein harter Dom, ein Abend voller Sex, Erniedrigungen und Schmerzen, bis ich mich wundgeschrien habe bei meinen Orgasmen. Ohne Sicherheitsleine oder Netz, aber mit viel Schweiß, Lustsaft und Sperma. Nicht bis an meine Grenzen, weil das kaum möglich ist. Aber eben mehr als das, was man mal eben im Club aufreißen kann, weil mich ›normaler‹ Sex einfach nicht befriedigt.

Danach wäre ich nach Hause gefahren und hätte mein Leben weitergeführt. Bis der Hunger nach alldem wieder unerträglich geworden wäre. Bis ich wieder angefangen hätte, Männer die alles andere als gesund für mich wären, gefährlich reizvoll zu finden.

Nie war mehr geplant. Eine feste Sexbeziehung kommt für eine wie mich ohnehin nicht infrage. Und schon gar nicht bin ich bereit für … tiefere Gefühle! Das passt einfach nicht in mein Leben. Ich brauche keine Beziehung. Ich will keine Familie. Und, um Gottes willen, schon gar keine Kinder! Das geht sowieso nie gut und Komplikationen hatte ich in meinem Leben genug, bevor ich es halbwegs in den Griff bekommen habe.

Ich bin nicht für so ein Leben geschaffen. Wie sollte das auch funktionieren? Ich kann doch nicht Hausfrau für einen Dorfpolizisten werden! Aber von hier arbeiten … kann ich mir auch abschminken. Keine meiner Klientinnen würde eine Fahrt in die Mitte des Nirgendwo auf sich nehmen, um sich mit mir zu treffen. Ich … würde versauern und verbittert wie die Atomzicke von Ex enden, die er am Arsch hat. Einzig die Aussicht darauf, ihr mit meiner Anwesenheit das Leben zur Hölle zu machen, wäre ein kleiner Lichtblick. Das und … der Sex.

Gott, was denke ich da nur?! Er hat mich ein paar Mal knallhart gefickt und ich überlege, wie unsere Hochzeit verlaufen würde? Was stimmt nicht mit mir? Bin ich emotional so ausgehungert? Ist er so unfassbar gut, dass ich ihm blitzschnell zu verfallen drohe?

Ugh, ich wage es nicht, auf die Antwort zu diesen Fragen in meinem Inneren zu lauschen. Ich weiß nur, dass ich jetzt auf diesem heruntergekommenen Revier hocke und mir bei dem Gedanken, Deputy Mike Olson nicht mehr wiederzusehen, die Tränen kommen.

›*Herrgott noch mal! Reiß dich zusammen, Kitty! Diese Art von Leben wirst du nie haben können. Dafür bist du einfach zu kaputt.*‹

Obwohl ich nicht hinhöre, kann ich doch das Echo der Antwort darauf in mir nicht völlig ausblenden: ›*Da war es nicht* **er**!‹

Entweder waren es Langweiler, die mir nicht das geben konnten, was ich schon mein ganzes Leben lang brauche. Wonach ich mich verzehre. Oder es waren Blender, die so getan haben, als könnten sie mir geben, was ich brauche. Bis sie liefern mussten und sich als Blindgänger erwiesen. Und die wenigen Ausnahmen haben Dominanz mit Bösartigkeit und Autorität mit Arroganz verwechselt. Die Narben dieser Begegnungen mögen größtenteils nicht mehr sichtbar sein, aber sie existieren noch immer in mir.

Ich habe verdammt noch mal gute Gründe, warum ich es voll und ganz aufgegeben habe, nach einem festen Partner zu suchen. Ich bin zu kaputt und meine Begierden sind zu speziell dafür. Wie kann ein gottverdammter, blöder, schnöseliger Dorfpolizist daherkommen, und diese teuer erkaufte Gewissheit einfach zerfetzen? Wie kann er es wagen, mein geordnetes Leben auf den Kopf zu stellen und begraben geglaubte Zweifel wiederzuerwecken?

Und wie … wie zum Teufel kann er die unfassbar dreiste Unverfrorenheit besitzen, mir das Gefühl zu geben, mit *ihm* wären all die Kleinmädchenträume vom Traumprinzen *kompatibel* mit den perversen Gelüsten einer kaputten Submissiven mit Erniedrigungsfetisch und gewaltsamen Unterwerfungsfantasien!?!

ZWÖLFTES KAPITEL

Mike

»Vorsichtig, Deputy! Verletzen Sie meine arme Pussy nicht! Sie ist sehr empfindlich«, jammert Misses Carlisle in einer Tour. »Meine arme, arme Pussy! Der Officer will dir doch nichts tun. Lass dir von ihm helfen.«

Es ist immer das gleiche und mit jedem Mal ein wenig nerviger. Die Katze sitzt bei jedem dieser Einsätze auf derselben Astgabel und ihre Besitzerin steht praktisch am selben Fleck direkt unter dem Baum, um auf sie einzureden. Ich bin mir schon lange sicher, dass es deren schrille Stimme ist, die das Tier auf dem Baum hält, denn sie kann eindeutig aus eigener Kraft wieder hinunter.

Doch die über siebzigjährige Barbara Carlisle ist die Tante des Sheriffs und wenn ihr Notruf nicht beantwortet wird, zieht das einen Rattenschwanz hinter sich her, der kein Ende nimmt. Sie war einmal Richterin und erwartet, dass ihre Anweisungen befolgt werden. Was nicht nur dazu führt, dass sie Pussy von dem Moment an ausschimpft, in dem die Katze den Baum erklommen hat. Es bedeutet auch, dass jedes Beharren darauf, dass es nicht der Job der Polizei ist, Katzen aus Bäumen zu holen, auf taube Ohren trifft.

»Seien Sie doch vorsichtig, Deputy!«, faucht die Alte mich an, als Pussy nach meiner Hand schlägt, die ich zu ihr ausstrecke.

Als wäre es mein Fehler! Ich weiß eine Pussy, mit der ich mich gerade wesentlich lieber beschäftigen würde. Wenn diese nicht bemerkt hat, dass ich ihr einen Ausweg für den Notfall gelassen habe, sitzt sie jetzt auf einem Stuhl im Aufenthaltsraum und kocht hoffentlich im eigenen Saft. Aber statt von diesem Saft zu kosten, muss ich die Zähne zusammenbeißen und die Krallen einer Katze ertragen, die sich sogar durch die festen Handschuhe bohren.

Immerhin, ich kriege das Mistvieh im Nacken gepackt und kann mich zu ihr schieben, um sie in den Arm zu nehmen. Wohlweislich habe ich meine ballistische Weste angelegt, denn ich trage noch die Narben von den ersten Malen, bei denen ich das Tier unvorbereitet von diesem Baum geholt habe.

»Sie tun ihr weh!«, beklagt die Besitzerin das beleidigte Maunzen ihrer Pussy.

»Ich weiß, was ich tue«, entschlüpft es mir ungehalten.

»Junger Mann!«, mahnt die verdammte Vogelscheuche sofort. »Nicht in diesem Ton, bitte.«

»Würden Sie bitte ihre Zurufe während des Einsatzes vorübergehend einstellen, Misses Carlisle«, halte ich dagegen und schiebe mich auf dem Ast zurück in Richtung Leiter. »Andernfalls bin ich gezwungen, einen Bericht über diesen Vorfall zu schreiben und in unser bundesstaaten-übergreifendes Computersystem einzuspeisen. Vorschriften. Sie verstehen …«

Das sorgt tatsächlich für Stille. Erstaunlich.

Ich klemme mir die Katze, die davon reichlich wenig hält, unter den Arm. Lederjacke, Handschuhe und eine Schutzweste, die zwar gegen Kugeln nicht viel ausrichtet, aber immerhin gegen Krallen gut wirkt, schützen mich leidlich. Es dauert nicht lange, bis ich endlich wieder den Boden erreiche.

Die Katzenmutti funkelt mich an und ich weiß, dass sie den Sheriff kontaktieren wird. Vermutlich erst am Montag, denn sie kennt die Gewohnheiten ihres Neffen. Aber dann wird er mich anpfeifen, wie ich mit ihr umgegangen sei. Worte wie ›Gemeinschaftsgeist‹ und ›gutnachbarschaftliches Verhältnis‹ werden Verwendung finden. Ich kenne diese Art von Affenzirkus. So ist es, seit ich hier Dienst tue.

Aber ich habe die Schnauze voll! Ich blicke in die Runde der Schaulustigen, die sich dieses etwa wöchentliche Spektakel nie entgehen lassen. Sie sind nicht aufdringlich. Von ihren Gartenzäunen, Veranden und Fenstern aus sehen sie genug. Das ist die nachbarschaftliche Dorfgemeinschaft, um die es geht. Und sie kotzen mich alle so dermaßen an!

»Das war das letzte Mal«, grolle ich und setze das Mistvieh ab. »Wenn Ihre Katze wieder in den Baum klettert, dann tun Sie, was jeder Katzenbesitzer tun muss: Sie warten. Früher oder später kommt auch Pussy wieder runter. Das ist *keine* Aufgabe, für die man die Polizei braucht.«

»Was erdreisten Sie sich?!«, faucht die ehemalige Richterin und versucht, ihre Autorität geltend zu machen.

»Sie kennen die Vorschriften besser als die meisten hier, Misses Carlisle«, erwidere ich hart. »Wenn Sie mich nochmals verständigen, ohne dass ein echter Notfall vorliegt, werden Sie ganz offiziell belangt. Ich muss Ihnen nicht sagen, auf Basis welcher Paragraphen.«

»Das ist doch wohl die Höhe!«, keift sie. »Welche wichtigen Aufgaben haben Sie denn wohl am Wochenende zu erledigen, dass Sie nicht verfügbar wären, für …«

»Es spielt keine Rolle, ob ich gerade in einem Mordfall ermittle oder mir nur die Eier schaukeln kann, weil nichts passiert«, schnauze ich wütend und sie zuckt zurück.

Fuck, das wird Folgen haben. Aber … scheiß drauf! Wenn ich schon Ärger bekomme, kann ich wenigstens endlich mal sagen, was dringend gesagt werden muss.

»Das Sheriffs-Department ist kein Bürgerhilfeverein. Ich bin Polizist. Für Katzen in Bäumen ist die Feuerwehr zuständig, wenn sie Zeit hat. Oder Sie warten verdammt noch mal, wie jeder langjährige Katzenbesitzer es auch tun muss. Ihre frühere Position gibt Ihnen ebenso wenig Sonderrechte, wie Ihre Verwandtschaft zum Sheriff.«

»Wollen Sie etwa andeuten …?«

»Ich deute gar nichts an!«, unterbreche ich sofort. »Und ich fahre jetzt wieder zurück zum Revier. Sollten Sie eine Beschwerde einreichen wollen, erwarte ich die auf meinem Schreibtisch, wo auch der Bericht über diesen Vorfall liegen wird, bis ich entscheide, ob es notwendig ist, ihn formell zu den Akten zu nehmen.«

Damit drehe ich mich schwungvoll um und gehe zu meinem Wagen zurück. In meinem Rücken weiß ich ein paar feindselige Augen und eine Menge erstaunter Blicke. Das kennt hier niemand von mir, denn in all der Zeit in diesem Dreckskaff habe ich *immer* gute Miene zu jedem bösen Spiel gemacht. Jeder Zweite hier ist irgendwie mit meiner Ex-Frau, und dadurch mit meinem Sohn, verwandt. Ich wollte nie in ein Hornissennest stechen.

Damit ist jetzt Schluss! Nicht nur, weil Chastity sowieso einen Krieg anzetteln dürfte, weil ich mich weigere, ihr für unser Kind einen Freifahrtschein zu unterschreiben. Ich habe auch einfach den Kanal voll. Es reicht. Ich bin fertig mit der

›dummer, folgsamer Dorftrottel‹ Nummer und auch damit, wie jeder Hillbilly hier hinter meinem Rücken darüber lächelt, dass ich mich von einer Eingeborenen so wunderbar vorführen lasse.

In meinem Wagen atme ich tief durch und versuche, einen Teil dieser Wut verrauchen zu lassen. Es fühlt sich einfach zu gut an, endlich mal durchzugreifen. Wie oft habe ich nichts getan, wenn mir einer der Einheimischen den Vogel oder gleich den Finger gezeigt hat, weil er oder sie genau wusste, dass der Sheriff nicht hinter mir steht, sondern auf ihrer Seite? Hundertmal? Tausendmal?

Ich weiß, dass ich jeden Vorfall in die Datenbank eintragen könnte. Unsere Computer mögen steinalt sein, aber die Datenerfassung auf Bundesstaaten-Ebene ist modern. Was dort erfasst wird, kann auch kein Sheriff mehr entfernen. Selbst wenn er Ahnung von Computern hätte. Bisher habe ich darauf verzichtet, um ›den Frieden zu wahren‹. Aber das hat mich nur zur Witzfigur gemacht und mir nichts weiter eingebracht.

Mein Entschluss steht fest: Falls mir die Ereignisse dieses Wochenendes nicht ohnehin das Genick brechen, bin ich offiziell damit durch, mir von diesem Pack auf den Rücken scheißen zu lassen, ohne etwas dagegen zu unternehmen.

Entschlossen schiebe ich den Schalthebel aus der Parkposition und … erstarre, als es aus dem Fußraum vor dem Beifahrersitz her summt.

Ich muss nicht nachschauen. Ich erinnere mich wieder, dass dort *ihre* Handtasche liegt. Nach meiner nicht besonders rechtmäßigen Verhaftungs-Nummer habe ich sie auf meinen Beifahrersitz geworfen und während der Fahrt zum Revier fiel sie runter. In dem Moment hatte ich anderes im Kopf, als den

Inhalt einer Frauenhandtasche aufzusammeln, von dem ich mir vorstelle, wie er sich über den Boden ergossen hat.

Kurz ringe ich mit mir. Es ist nicht ungewöhnlich, dass ein Handy ein Signal von sich gibt. Ich sollte es aufsammeln und ihr zurückgeben. Auch wenn ihr das die Möglichkeit gibt, die State Police oder das FBI zu verständigen, denn … technisch gesehen liegt ihre Situation irgendwo zwischen einer unrechtmäßigen Festnahme und einer ausgewachsenen Entführung. Ich bezweifle jedoch, dass sie das tun wird.

Dennoch stelle ich den Schalthebel wieder auf Parkstellung und beuge mich hinüber. Tastend suche und finde ich die Form eines Smartphones. Doch als ich es ins Blickfeld hebe, ist es aus.

Gut, der Akku wird aufgegeben haben. Vielleicht war es sogar das letzte Warnsignal, das ich gehört habe. Das entledigt mich des moralischen Dilemmas, ob ich versuchen will, ihr nachzuschnüffeln. Aber wenigstens in ihren Ausweis kann ich einen Blick werfen. Vielleicht … lasse ich den Namen auch kurz durch die Datenbank laufen? Schaden kann es nicht …

Gott, was bin ich für ein Scheißhaufen?! Ich habe diese Frau gefickt! Und es war unglaublicher Sex. Jedes Mal. Selbst wenn sie eine international gesuchte Killerin wäre, würde ich keinen Finger rühren, um ihr noch weiteren Ärger zu machen. Welcher miese, billige, jämmerliche Waschlappen von einem Arschgesicht würde …?

Ein erneutes, charakteristisches Benachrichtigungs-Summen reißt mich aus diesem Gedankengang. Verblüfft starre ich erst ihr Handy an, dann hole ich meins hervor. Nichts. Stirnrunzelnd beuge ich mich noch einmal herüber und ertaste den Fußraum. Im Inneren ihrer Tasche werde ich schließlich fündig. Noch ein Smartphone?

Es summt ein weiteres Mal. Das Display geht an, weil es nicht mehr von Dunkelheit umgeben ist. Eine Reihe verpasster Anrufe und Nachrichten. Direkt und über einen Messenger. Die letzte …

›*Wenn du versuchst, mich zu ignorieren, wird das Video …*‹

Was zum Fick!?

›*Es ist verdächtig*‹, versuche ich mir einzureden. ›*Ich tue nur meine Pflicht, wenn ich nachsehe.*‹

›*So, wie du nur deine Pflicht tust, wenn du sie an die Gitterwand kettest und fickst?*‹, höhnt die zynische Stimme in meinem Kopf.

»Sie wollte das«, murmele ich leise im Selbstgespräch und starre weiter auf das Handy, während mein Daumen über der seitlichen Taste schwebt, mit der ich das Display aktiviere, das wieder dunkel geworden ist.

›*Red dir das nur weiter ein, du mieses Vergewaltiger-Schwein*‹, spottet es in meinem Kopf. ›*Sie hat mitgespielt, damit du ihr nicht noch Schlimmeres antust, nichts weiter. Deine miesen Perversionen würde niemand freiwillig über sich ergehen lassen. Du bist ein Monster.*‹

Mir fällt zum ersten Mal auf, wie sehr sich diese spezielle Art von innerer Stimme wie meine Ex-Frau ausdrückt. Also, Chastity in Wut, wenn es keine weiteren Zeugen gibt. Nicht das Gesicht, das sie dem Rest der Welt zeigt.

Ich antworte nicht mehr, denn ich mache mich lächerlich, wenn ich mich mit mir selbst streite. Und noch mehr, wenn ich einer eingebildeten Variante meiner Ex erlaube, mich fertigzumachen. Ich weiß, dass Kitty genossen hat, was geschehen ist. Auch wenn es nicht richtig war und ich meine Befugnisse meilenweit überschritten habe. Aber das ist eine Sache zwischen mir und *ihr*.

Seufzend drücke ich das Knöpfchen. Das wird eine weitere Sache zwischen uns sein, wenn ich ihr die Handschellen abnehme und sie frage, ob sie gehen will. Denn das ist überfällig. Ich kann mir nicht weiter schönreden, dass sie sich befreien oder etwas sagen könnte. Sie hat nicht einmal Kleidung im Revier, die sie für eine Flucht anziehen könnte. Sie hat also wirklich keine Wahl ...

All diese abstrakten Überlegungen verblassen, als ich die neueste Nachricht öffne und zur Gänze lese. Dafür richten sich alle Härchen in meinem Nacken auf und eine tiefe, dunkle Wut kocht in mir hoch.

›*Wenn du versuchst, mich zu ignorieren, wird das Video, das ich von dir gemacht habe, als du kleine, billige Schlampe vor meiner Haustür den Mantel aufgemacht hast, an den allgemeinen Mailverteiler deiner sauberen Anwaltsfirma gesendet. Zusammen mit den Videos, die du mir geschickt hast, bei denen du es dir auf all die Arten besorgst, auf die du so stehst.*‹

Anwaltskanzlei? Das ... kann nicht sein! Wenn sie Anwältin wäre ... Selbst, wenn sie Anwaltsgehilfin wäre, würde sie ihre Rechte ganz genau kennen. Unmöglich!

Es sei denn ... sie hat sich nur dumm gestellt, weil sie ... nicht unterbrechen wollte, was da zwischen uns passierte? Das mag weit hergeholt klingen, wenn man sie nicht erlebt hat. Aber das habe ich. Den Grad an ungehemmter, tabuloser Lust, den ich bei ihr erlebt habe, kann man nicht faken. Sie steht wirklich darauf, wenn ich ihr keine Wahl lasse. Wenn ich sie fessele.

Himmel, deswegen habe ich sie ja an den Stuhl gekettet. Ich *weiß*, dass es sie anmacht. Wenn ich nicht dauernd damit beschäftigt wäre, mich selbst zu bemitleiden, weil ich Angst davor habe, die Verantwortung für all das zu übernehmen, was uns beide so tierisch anmacht, wäre es wesentlich leichter, auf meinen Instinkt zu hören.

Wenn ich auf den höre ... macht es einen gewissen Sinn. Ihr Wagen ist nicht billig. Nicht unbedingt Top-Anwältinnen-Klasse, aber weit von dem entfernt, was selbst eine gut bezahlte Angestellte sich leisten dürfte. Und wenn sie mich angeschwindelt und ein wenig manipuliert hat? Dann sind wir dahingehend noch immer nicht quitt. Ich habe mir weit mehr herausgenommen, also werde ich den Teufel tun und sie dafür verurteilen.

Was alles verfickt noch mal keine Rolle spielt, denn hier versucht sie jemand eiskalt zu erpressen! Schnell lese ich die vorherigen Nachrichten.

›*Ich habe deine Visitenkarte in deinem Mantel gefunden*‹, lautet eine vom Vorabend. ›*Interessant. Ich nehme mal an, Elaine Woodworth, die einzige Frau unter den Partnern der Kanzlei, bist dann wohl du, hm? Dass es von dir kein Foto auf der Website der Kanzlei gibt, ist bestimmt kein Zufall.*

Ich frage mich, was deine Kollegen von deinen Sexfantasien halten würden. Wäre doch ein Jammer, wenn jemand ihnen das verrät. Vielleicht schwingst du deinen Arsch lieber hierher und holst dir deinen Mantel. Der Preis wird dir nicht sehr hoch vorkommen, bei dem, was du so normalerweise geil findest.‹

Was für ein Scheißhaufen! Ironisch, dass es von mir kommt, aber ich weiß immerhin, dass sie diesen Kerl abblitzen ließ. Bei mir hatte sie reichlich Gelegenheit, die Sache zu beenden, von der sie keinen Gebrauch gemacht hat. Glaube ich ...

Nein, zur Hölle! Ich *weiß* das. Ich war mal stolz auf meine Menschenkenntnis. Dann kam Chastity und hat mir jedes Selbstvertrauen genommen. Was bin ich nur für ein Jammerlappen geworden. Schluss damit!

Ich weiß, dass Kitty - oder Elaine - sich bewusst ist, wie leicht sie mich jederzeit hätte stoppen können. Ich genieße es, wie sie mich dazu reizt, sie zu bestrafen. Und die Bestrafungen genieße ich auch. Es ist keine gewöhnliche Art, einander ein Einverständnis zu geben. Vor Gericht wäre ich gefickt. Ich weiß jedoch ganz sicher, dass sie nicht versucht hat, mir wirklich zu entkommen oder mich ernsthaft zu stoppen.

Ich weiß auch, dass sie das tun würde, wenn sie wirklich wollte. Sie ist keine Frau, die den Kopf einzieht und es über sich ergehen lässt. Sie ist eine verdammte Powerfrau, die sich bezwingen lassen *will*.

Und dieser Pisser, der sich ein Date mit ihr erschlichen hat, versucht sie jetzt zu erpressen. Auf die mieseste Art! Für eine Anwältin wäre so ein Skandal ganz sicher der Karriere-Todesstoß. Fuck …

Mein Hirn schaltet endlich wieder auf Leistung und ich starte erneut den Wagen. Schnell gebe ich die Telefonnummer des Erpressers ins System ein und fahre los. Ich bin versucht, das Blaulicht einzuschalten, aber das wäre idiotisch. Wer soll mich schon aufhalten, wenn ich zu schnell fahre? Der einzige Cop im County, der momentan Dienst hat, bin schließlich ich.

Also scheiß drauf und das Gaspedal durchgedrückt!

DREIZEHNTES KAPITEL

---⑤---

Kitty

So süß ich es finde, dass er mich nicht wirklich an den Stuhl gekettet hat, es frustriert mich auch. Eine Viertelstunde lang war ich geduldig. Aber dann ... Wie soll man sich an einem Zwang aufgeilen, der nicht existiert? Das war schon immer mein Problem.

Es hat mich nie wirklich gepackt, die Regeln und Grenzen abzusprechen, wenn es zur Sache gehen soll. Ich will gezwungen werden. Das hat mich oft genug in Schwierigkeiten gebracht und die Momente der Befriedigung, die ich dadurch gewonnen habe, waren verdammt kurzlebig. Ich kann aber einfach nicht aus meiner Haut. Ich will kein Safeword und ich will auch nicht um Erlaubnis gefragt werden. Obwohl ich es bevorzuge, wenn ich auch wirklich weiß, dass mir mein Partner keinen bleibenden Schaden zufügen wird. Ich meine ... so kaputt bin ich dann auch wieder nicht, dass ich darüber im Ungewissen sein will.

Jedenfalls hält es mich nicht besonders lange auf dem Stuhl. Ich habe keine Angst, dass mich irgendwer hier erwischt. Mike hätte mich nicht nackt zurückgelassen, wenn das ein mögliches Risiko wäre. Aber ich bin ... umtriebig.

Leider ist das Revier wirklich winzig und es gibt wenig Interessantes zu entdecken. Abgesehen von einem Spind mit Deputy Olsons Namen darauf, der ein frisches Uniformhemd enthält, das jetzt mir gehört. Jedenfalls solange, bis er mich zwingt, es ihm zurückzugeben. Vorzugsweise, indem er es mir von meinem anderweitig nackten Körper reißt, den er dann zu seinem Vergnügen benutzt, um mich zu bestrafen ...

Fuck, was ist es mit diesem Kerl, das mich so dauerspitz hält? Er wird mir nichts tun und wenn ich ihn nicht immer wieder provoziere, hat er eine Neigung, ziemlich schnell sehr handzahm zu werden. Aus irgendeinem Grund finde ich das niedlich und nicht abtörnend.

Gut, *wenn* er zupackt, dann richtig. Ich schätze, das muss es sein. Er ist ein wenig wie die Legende vom perfekten Dom. Wie er mich auffängt, wenn es wirklich heftig zur Sache gegangen ist und ich emotional tatsächlich durchsacke. Das ist schon etwas Besonderes. Dann fühle ich mich ... sicher und geborgen. Soweit eine wie ich denn weiß, was das eigentlich ist.

Auf der anderen Seite kennt er kein Erbarmen, wenn er mich nimmt. Er benutzt mich knallhart, lässt mich jammern, wimmern und flehen, ohne darauf zu hören. Ohne dabei zu weit zu gehen. Als würde er perfekt in mir lesen.

Ein beunruhigender Gedanke. Vor allem, weil er mich nicht erschreckt. Ich weiß nicht, was ich darüber denken soll, also schiebe ich die Überlegung von mir und sammle lieber die Fetzen meiner Dessous und die Sextoys vom Vortag auf. Die haben zwar den Geist aufgegeben, aber ... wenn mich nicht alles täuscht, habe ich eben irgendwo passende Batterien gesehen.

Hm, mir kommt eine Idee, womit ich mir die Zeit vertreiben kann, sodass ich wirklich in der passenden Stimmung bin, wenn er zurückkehrt. Wann das sein wird weiß der Geier, aber wie lange kann es schon dauern, eine blöde Katze zu retten?

Gott, die Vorstellung davon, wie er in einem Baum herumklettert, um die Katze einer alten Dame zu retten, ist einfach nur albern. Ich weiß nicht, ob ich kichern oder mit den Augen rollen soll. Ist das echt der Job eines Polizisten? Ist dafür nicht die Feuerwehr zuständig? Na ja, vermutlich hat dieses Kaff keine richtige Feuerwehr, also muss wohl der Deputy ran. Hoffentlich ist er grantig und zerkratzt, wenn er zurückkehrt …

Die Vorstellung, ihm etwas zu bieten, woran er seinen Frust wegen einer kratzbürstigen Katze abreagieren kann, wirkt. Ich muss mich wirklich beherrschen, nicht in Aufregung zu verfallen. Eine Sache, die ich erledige, bevor ich mich an meinen Plan mache, ist mir allerdings wichtig: Diese Minizelle und der Bereich davor müssen gewischt werden. Auf dem Boden sind … Lachen. Von *mir*.

Es hat nicht lange gedauert, alles zu erledigen, was ich vorhatte. Die gute Nachricht ist, dass meine ferngesteuerten Toys auch eine Handbedienung haben. Mit neuen Batterien kann ich sie verstellen und auch ausschalten. Das will ich allerdings gar nicht, also summen und vibrieren sie nun wieder beide an ihren angestammten Plätzen und treiben meine Erregung steil in die Höhe.

Der Boden vor der Zelle, auf dem ich sitze, ist sauber. Das wird jedoch nicht lange so bleiben, denn ich fange schon wieder an, auszulaufen. Vor allem, als ich vor dem letzten, geplanten Schritt stehe und mich kurz Frage, wie gewaltig mein Dachschaden eigentlich sein muss, dass ich das auch nur in Erwägung ziehe.

»Riesig«, wispere ich mir selbst zu und schließe die zweite der Handschellen um mein Handgelenk.

Und so sitze ich nun wieder ohne eine Wahl oder Fluchtmöglichkeit in der Tinte und dieses irrsinnige Kribbeln setzt auf der Stelle ein. Genau das, was ich wie ein Junkie brauche. So sehr, dass ich mich selbst an die Gitter in diesem Polizeirevier kette, um nur in seinem Hemd und mit meinen vibrierenden Toys in meinen Löchern breitbeinig auf die Rückkehr meines Deputys zu warten.

Ich bin völlig bescheuert! Mein Gott, ich hätte verdammt noch mal warten sollen, bis zumindest sein Wagen wieder auf den Parkplatz fährt. Dann ... hätte ich es mir sogar noch mal schnell selbst besorgen können, denn genau das würde ich jetzt unglaublich gern tun.

Aber nein, das steht mir nicht zu. Ich bin seine Gefangene. Ich gehöre ihm, solange er mich festhält. Ich habe keine Wahl ...

Jap, wenn ich probehalber an den Handschellen ziehe, die ich durch die Gitter geführt habe, bevor ich die zweite Schelle um mein noch freies Handgelenk geschlossen habe, halten sie natürlich. Ich habe mich wirklich in diese Situation gebracht. Ich gehöre eingewiesen.

Wenn sie mich dann in einer Zwangsjacke in einer Anstalt hätten - natürlich unten ohne, denn ich habe ja nichts weiter zum Anziehen - könnten sie mit mir machen, was sie wollen. Große, bullige Pfleger, die normalerweise mit durchgeknallten Irren ringen, könnten sich an mir abreagieren, wie es Mike schon mehrmals so wunderbar getan hat.

Scheiß auf die Pfleger! Ich will *ihn*! Wenn er nicht bald hier auftaucht, dann ... schreie ich! Wie bescheuert war es denn, die Vibrationen auf mittlerer Stufe zu lassen?! Was, wenn es

Stunden dauert? Bis dahin ist mein Hirn Matsch und ich bin eine sabbernde Idiotin.

Ob er darauf stehen würde?

Nein, er will, dass ich mich wehre.

Gottverdammt, *das* ist es!

Oh, heilige Scheiße! Ich bin in Schwierigkeiten! Er steht darauf, dass ich eine Wildkatze bin und springt sofort darauf an, wenn ich ihn provoziere. Ansonsten ist er wahrscheinlich der perfekte Teddybär, der nur seine Krallen zeigt, wenn es darum geht, seine Familie zu beschützen. Und natürlich seine Freundin, was … in dieser Fabel ja ich wäre.

Fuck, fuck, fuck! Der Typ ist *zu* perfekt! Ich muss hier weg! Und jetzt habe ich mich hier gefesselt, sodass ich nicht entkommen kann.

War das Absicht meines Unterbewusstseins? Will es, dass ich … mich in diesen blöden Idioten vergucke …?!

Vierzehntes Kapitel

---⊚---

Mike

Ich nehme die Kurve auf den Parkplatz des Reviers mit halsbrecherischer Geschwindigkeit und der Cruiser kommt schlitternd zum Stehen. Schnell springe ich aus dem Wagen und packe nur die beiden Handys. Es könnte sein, dass es auf jede Sekunde ankommt. Wenn dieser erpresserische Scheißhaufen Ernst macht und die angedrohte Mail abschickt, dürfte der Schaden irreparabel sein.

An der Tür verfluche ich mich selbst, dass ich abgeschlossen habe. Auch wenn es mehr als Schutz für Kitty vor unwahrscheinlichen Zufallsbesuchern gedacht war. Jetzt gerade hält es mich auf. Zum Glück schaffe ich es ohne Zwischenfälle, diese ›schwere‹ Aufgabe zu bewältigen.

»Kitty … Ähm, ich meine Elaine«, rufe ich schon beim Öffnen der inneren Zugangstür laut, »es gibt ein Prob…!«

Weiter komme ich nicht, denn nun erfasse ich, was im Hauptraum des Reviers vor sich geht. Das lässt mir nicht nur die Spucke wegbleiben. Es hat auch sofortige, schwerwiegende Wirkung auf den Inhalt meiner Hose. Wie vom Blitz getroffen bleibe ich stehen und starre auf das Bild, das sich mir bietet.

Sie sitzt auf dem Boden, die Hände über den Kopf gestreckt. Erst auf den zweiten Blick bemerke ich, dass sie an das Gitter gekettet sind. Schon auf den ersten Blick fällt mir allerdings auf, wie sie sich bewegt. Lustvoll, fast ekstatisch, dreht und windet sich ihr Körper. Wenn sich die Schenkel öffnen, sehe ich die gerötete Spalte leicht aufklaffen. Kurz dahinter ist das Ende des Plugs zu erkennen, der auch gestern Abend in ihrem Arsch steckte.

Heilige Scheiße, ist das ein Bild! Ich habe noch nie etwas Erotischeres gesehen, das steht mal fest. Sie scheint vor Erregung wie von Sinnen und stöhnt keuchend vor sich hin. Ich denke, sie bemerkt mich nicht einmal.

Ich darf nicht darauf anspringen! Ich muss mich zusammenreißen. Es geht um ihre berufliche Zukunft. So gern ich ihr geben will, was sie jetzt dringend braucht - sofern es meinen Instinkt betrifft ...

»Kitty!«, ringe ich mir ab. »Es gibt ein ernstes Problem. Jemand will dich erpressen. Er behauptet, Videos ...«

»Officer«, winselt sie und ihre Augen richten sich auf mich. Sie sind ... *glasig* vor Ekstase. »Deputy, Sir ... Hilf mir ... Bitte!«

Scheiße! Sie nimmt mich kaum wahr. Ich nehme an, sie ist schon länger in dieser Lage. Ich ahne, was ihre Absicht war. Nun ist sie wie von Sinnen vor Stimulation, der sie nicht entkommen kann, weil sie sich selbst der Möglichkeit beraubt hat. Was für eine Frau!

Entschlossen eile ich zu ihr und hole einen Schlüssel für die Handschellen hervor. Zuerst befreie ich sie, dann muss ich zu ihr durchdringen, damit wir uns dieser anderen, fürchterlich dringenden Sache widmen können. Was ... war das noch mal? Ach ja, die Erpressung!

»Mädchen, was machst du für einen Scheiß«, brumme ich und löse die Fesseln.

Als ich zu ihr in die Hocke gehen will, packt sie mich im ungünstigsten Moment und ich kippe zur Seite. Ich kann gerade so verhindern, auf sie drauf zu fallen. Stattdessen schlage ich neben ihr lang hin.

»Mike«, wispert sie und für einen winzigen Moment ist ihr Blick fast klar, bevor ein gewaltiger Schauer sie durchläuft und sie den Kopf wieder in den Nacken wirft, um zu stöhnen.

Es ist so unglaublich sinnlich! Sie kennt keine Zurückhaltung, wie sie sich in den lustvollen Wellen windet, die ihren Körper durchrasen. Ihre Geilheit läuft aus ihr heraus und ihre Haut ist schweißbedeckt. Ich weiß, dass es nur einen Weg gibt, ihr zu helfen. Und ich weiß, dass es absolut unverantwortlich ist, weil … irgendetwas furchtbar Dringendes vorliegt.

»Mike!«, schluchzt sie. »Deputy! Sir …«

Mit einem Knurren stemme ich mich hoch, um auf die Knie zu kommen. Wie soll ein Mann bei klarem Verstand bleiben, wenn ihm so etwas offen angeboten wird? Wie soll ich so noch an … die wichtige Sache denken? Sie ist ohnehin nicht ansprechbar, bis …

Ich packe ihren Unterschenkel und ziehe sie zu mir. Sie japst einmal und stöhnt dann wieder. Mit der anderen Hand zerre ich meine Hose auf. Ihre Beine spreizen sich mir wie von selbst. Alles passiert in einem einzigen, fließenden Bewegungsablauf.

Ein Schrei entkommt ihrem Mund, als ich meinen Ständer in ihre Pussy stoße. Dann stöhne ich hart auf, denn darin ist etwas Festes und es vibriert. Dreck, sie hatte auch noch so ein Vibroei und offenbar … Ich muss noch einmal …

Kaum, dass ich mich zurückziehen will, schluchzt sie auf und ihre Beine schlingen sich um meine Hüften. Sie packt mein Hemd und krallt sich hinein, um mich zusätzlich festzuhalten. Als Nebeneffekt versenke ich mich ganz in ihr und sie ringt japsend nach Luft und streckt den Rücken durch, während sie aus weitaufgerissenen Augen an die Decke starrt.

Ich kann nur erahnen, wie weh es tun mag, meinen Harten und ein Vibroei gleichzeitig in sich zu haben. Sie zittert am ganzen Körper und ist entsetzlich gespannt. Aber sie lässt nicht los!

Ich brauche einen Arm zum Abstützen, also löse ich erst eine ihrer Hände von meinem Hemd und zwinge sie über ihren Kopf, um das Handgelenk mit der anderen Hand zu greifen und mich notgedrungen *darauf* abzustützen. Danach kann ich dasselbe mit ihrer anderen Hand wiederholen.

Ich weiß, dass ich nun noch die Umklammerung ihrer Beine überwinden muss, aber als ich mich so weit vorgebeugt über ihr befinde, während ich ihre Hände festpinne und sie sich wieder unter mir zu winden beginnt, treffen sich unsere Blicke. Ihre Augen sind nicht mehr glasig, sondern … glasklar und voller Tränen.

Die Worte, die ich sagen muss, stecken mir im Hals. Ich muss sie warnen und ihr begreiflich machen, dass es auf jede Sekunde ankommt. Aber ich kann nur in diese Augen sehen und darin versinken. Die Tränen haben nichts mit körperlichem Schmerz zu tun. Die Tore zu ihrer Seele scheinen sich zu öffnen.

›*Mike*‹, formen ihre Lippen. ›*Nimm mich!*‹, betteln ihre Augen.

Solange sie in diesem Zustand ist, kann sie ohnehin nicht klar denken. Und ich ... auch nicht. Also tue ich, was ich tun muss. Tun *will*!

»Du gehörst mir«, knurre ich und erkämpfe mir den Spielraum, den ich brauche, um mich hart und tief wieder in ihr zu versenken.

Sie schnappt nach Luft und stöhnt wild auf. Der Versuch, ihre Arme zu befreien, um nach mir zu greifen, scheitert. Aber das macht sie nur noch wilder.

»Du dummes Ding«, grolle ich. »Was hast du dir dabei gedacht, dich in so eine Lage zu bringen?«

Es ist eine unsinnige Frage. Ich rede einfach nur, während ich mir Mal um Mal den Spielraum gegen ihre Beine erstreite, um in sie zu stoßen. An meinem Schaft fühle ich das runde, vibrierende Ding. Es tut ein wenig weh, aber es ist auch ziemlich geil. Mein Schwanz ist so tief in ihr, dass er anstößt. Und doch ist da noch etwas, was ihr zusätzlich qualvolle Lust bereitet.

Sie bäumt sich auf und kann meinen Blick nicht länger halten. Ich fühle, sehe und ahne, dass sie fast den Verstand verliert. Also nehme ich ihre beiden Handgelenke unter eine meiner Hände und packe ihren Hals, um sie zu erden und bei mir zu halten.

»Zieh die Beine an!«, fordere ich.

Sie spurt trotz ihres wahnartigen Zustands sofort und gibt meinen Unterleib damit endlich frei. Ohne meine Hilfe zieht sie die Knie bis zu ihrer Brust hoch. Aber ich bleibe, wo ich bin, und nutze die neugewonnene Bewegungsfreiheit aus.

Jeden neuen, harten Stoß quittiert sie mit einem wilden Aufschrei und ihr Körper bäumt sich auf. Ich ziehe mich nicht weit zurück. Ich kann nicht, wegen dem Vibroding in ihr. Aber es reicht, um sie verdammt hart zu ficken.

Ich höre und spüre ihre Nässe. Ich fühle, wie es in meinen Eiern zu brodeln beginnt. Ich weiß, dass sie gleich kommen wird. Ich bin mir absolut sicher. Und ich will es mit ihr tun. Also lasse ich die letzte Zurückhaltung fahren und nehme mir … mein Recht.

»Komm!«, verlange ich.

Sie schreit auf und hört nicht mehr damit auf. Alle ihre Muskeln verkrampfen sich und es passiert. Es ist unmöglich, mich gegen den Sog zu wehren, den ihr Orgasmus erzeugt. Tief stöhnend pumpe ich meine Ladung in ihr überfülltes Inneres.

Es ist so heftig, dass mir fast schwarz vor Augen dabei wird. So gut wie mit dieser Frau ist Sex sonst nicht einmal in der Fantasie …

»Du bist ein Traum«, keucht sie atemlos. »Ich will nie mehr aufwachen.«

Ich starre ihr in die Augen, die mich jetzt völlig klar anblicken. Es gibt keine Schranken, Barrieren oder Mauern zwischen mir und dem tiefsten Grund ihrer Seele. Sie ist ganz und gar offen. Schutzlos. Und es packt mich fest ums Herz.

Ich habe mir oft ersehnt, genau das in den Augen meiner Ex-Frau zu finden. Ganz am Anfang hat sie mir ähnliche Blicke zugeworfen. Nicht beim Sex. Nur in Situationen, von denen ich später begriffen habe, dass sie dabei die volle Kontrolle über alles hatte. Sie hat mich sehen lassen, was ich sehen wollte, um mich einzufangen.

Das hier … ist *echt*. Ich erkenne jetzt den Unterschied. Hätte ich es jemals zuvor erlebt, wäre ich nie auf Chastity reingefallen.

Es ist ein himmelweiter Unterschied. Ich bin für einen Moment sprachlos.

Vorsichtig gebe ich ihre Handgelenke frei und stütze mich neben ihrem Kopf ab, während ich noch nach Luft ringe. Ebenso vorsichtig ziehe ich mich aus ihr zurück, denn mein Schwanz teilt sich noch immer den Platz in ihrem Inneren mit dem vibrierenden Ei.

»Ich bin wirklich hier«, versichere ich leise.

»Ich weiß«, haucht sie und erst da weicht sie schließlich dem Blickkontakt aus.

Aber nur kurz, dann fesseln mich ihre Augen wieder. Sehnsucht steht darin. Und Tränen.

»Hör mal …«, sage ich sanft und verlagere mein Gewicht.

»Oh«, macht sie und ihr Gesicht verzieht sich. »Au …«

»Was ist?«

»Kannst du … Uh, kannst du ihn aus mir … rausziehen? Und mir vielleicht mit dem blöden Ei helfen?«

»Oh, äh … Ja, klar. Moment.«

Ich höre ich sehnsüchtiges Seufzen, gefolgt von einem erleichterten Aufatmen, als ich meinen nur langsam schlaff werdenden Schwanz zurückziehe. Schnell gehe ich zwischen ihren Beinen auf die Knie und blicke auf ihren Schoß, wo eine Mischung aus ihrem Lustsaft und meinem Sperma aus ihrer Spalte läuft und die Lache unter ihrem Po vergrößert.

»Ich muss …«, versuche ich mich schon vorab zu entschuldigen.

»Ich weiß. Wenn es dir nichts ausmacht, könntest du auch schauen, ob du irgendwelches … Blut siehst?«

»Blut?!«, keuche ich.

»Keine Regelblutung!«, beeilt sie sich, zu versichern.

Ich schnaube nur. Als ob das eine Rolle spielen würde. »Bist du verletzt?«, frage ich besorgt nach.

»Du und das Ding, ihr … habt mich ganz schon umdekoriert, da drin.«

»Fuck! Ich … Ich hätte nicht … Es …«

»Mike«, unterbricht sie energisch und richtet sich ächzend auf, um mit der Hand nach meinem Gesicht zu greifen. »Du musst dich nicht entschuldigen.«

»Ich hätte nicht einfach …«, protestiere ich.

»Du hast *genau* das getan, was ich mir von dir gewünscht habe«, hakt sie erneut ein und zwingt mich, ihr in die Augen zu sehen. »Es ist geradezu unheimlich, wie absolut perfekt du genau das tust, worum ich dich am liebsten anflehen würde. Ich *wollte* das! Ich habe es gebraucht. Und du hast es mir gegeben.«

»Aber … Wenn du dabei verletzt wirst …«

»Dann war es das trotzdem wert«, beharrt sie und zeigt mir in ihrem Blick, wie ernst es ihr ist. »Ich bin schon viel schlimmer für so viel weniger verletzt worden. Das hier werde ich niemals bereuen. Wenn ich ein wenig verletzt sein sollte, heilt das auch wieder. Es… wird nicht schlimm sein. Ich habe keine besonders großen Schmerzen. Du kannst weiter meine Pussy benutzen, wie du willst.«

»Wofür hältst du mich eigentlich?«, keuche ich entrüstet. »Wenn es dir wehtut, will ich nicht …«

»Könntest du bitte erst …?«, lenkt sie ab und weicht auch meinem Blick aus, während sie zu ihrem Unterleib deutet.

Stirnrunzelnd komme ich der Aufforderung nach, denn es hat Vorrang. Aber wenn sie denkt, damit sei das Gespräch vergessen, hat sie sich geschnitten.

Vorsichtig dringe ich zuerst mit einem Finger in sie ein und sie seufzt nur leise. Es ist möglich, den festen, kleinen

Gegenstand zu ertasten. Die Vibrationen helfen noch zusätzlich, ihn zu lokalisieren.

»Ich muss mit mehr als einem Finger ...«, warne ich.

»Mh-hm«, macht sie angespannt und beißt sich auf die Lippe, als ich zu ihr sehe. Schmerz entdecke ich dabei nicht in ihrer Miene.

So vorsichtig ich kann, lasse ich noch einen Finger in die glitschige Nässe tauchen. Zumindest gibt es keine schmerzhafte Reibung. Aber dafür gelingt es mir bei mehreren Versuchen nicht, das runde Ding zu fassen zu bekommen.

»Nimm mehr Finger!«, stöhnt sie.

Ich grunze nur und folge der Aufforderung. Das wäre sowieso der nächste Schritt gewesen.

»Fuck!«, zischt sie, als ich mit vier Finger in ihre Öffnung greife. »Das gibts doch nicht!«

»Was!? Tut es weh?«

»Scheiße, nein!«, wimmert sie. »Es ist ... geil!«

»Du bist unglaublich.«

»Das liegt *nicht* an mir!«, stöhnt sie und streckt den Rücken durch, nachdem sie sich bereits wieder auf den Boden hatte sinken lassen. »Das bist allein *du. Officer* ...«

»Du kleines Miststück«, knurre ich und zwinge meinen Daumen in die nachgiebige Enge.

»*Shit!*«, winselt sie und ihre Pussy zieht sich um meine Hand zusammen. »Oh mein Gott ...«

Ich konzentriere mich ganz darauf, das schlüpfrige Ei zu ertasten und zu packen. Ihr Stöhnen und wie sich ihr Körper schon wieder windet, blende ich so gut wie möglich aus. Das Zucken in meinem Schwanz, das von neuem Leben kündet, ebenso.

Was ich nicht verhindern kann, sind bewundernde Gedanken. Ich fasse es nicht, wie erotisch selbst diese absurde Situation auf mich wirkt. Wie sehr mich anmacht, dass ich praktisch mit meiner Hand in sie eindringe. Wie groß das Triumphgefühl ist, als ich das vibrierende Mistding endlich gefasst kriege!

»Ich habs! Keinen Mucks!«

Sie stöhnt nur und ihre Pussy zuckt weiter. Sie kann nichts dafür. Aber ich schaffe es auch gegen diesen Widerstand, meine Hand zurückzuziehen, ohne dass mir das Vibroei entwischt. Bis ich es schließlich in der Hand halte und voller Zufriedenheit hochhalten kann.

»Schon?«, murmelt sie und atmet tief durch.

Ich starre sie nur fassungslos an.

»Es war … geil«, verteidigt sie sich. »Es hat auch gar nicht mehr wehgetan. Von mir aus …«

»Ich sehe jedenfalls kein Blut«, brumme ich missbilligend, ohne ihr auch nur ein wenig böse sein zu können.

»Gib mal her«, meint sie und ich händige es ihr aus.

Die Wirkung, die es hat, als sie es zum Mund führt und darüber leckt, während sie mit dem Finger an der Unterseite wohl einen Knopf betätigt, der es ausschaltet, ist noch so eine Überraschung. Die erlebe ich mit ihr dauernd. Und sie weiß es genau, so wie sie mich mit funkelnden Augen ansieht.

»Kannst du mir den Plug ausschalten?«, wispert sie voll gespielter Unschuld. »Einfach die Vertiefung in der Mitte des Endes drücken, bis er nicht mehr brummt.«

»Auch rausziehen?«

»Nein, muss nicht sein …«, säuselt sie. »Wenn meine Pussy eine Pause braucht, will ich dir wenigstens ein bereites Loch für deinen Schwanz bieten können, wann immer du es dir nehmen möchtest.«

Ich habe schon angefangen, die Vertiefung zu ertasten, als ihre Worte so richtig zu mir durchdringen. Sie grinst erst und lacht dann, als ich sie anstarre wie ein Auto. Doch dann - gerade als der Plug aufhört zu vibrieren - fällt mir siedend heiß wieder ein, was mich halsbrecherisch hierher rasen ließ.

»Scheiße! Elaine, ein Typ versucht dich zu erpressen! Er hat dir Nachrichten auf dein Handy geschickt. Er will Videos von dir an deine Kanzlei senden, wenn du nicht zu ihm zurückkehrst. Ich fürchte, es ist der Kerl, dem du davongelaufen bist, bevor wir uns getroffen haben. Ich muss annehmen, dass er es ernst meint ...«

Sie blinzelt und ihr Lächeln erstirbt, aber anstelle von Sorge finde ich nur Verwirrung in ihrem Gesicht.

»Ich, ähm ... hätte nicht in deinem Handy herumschnüffeln sollen, aber ... Ich meine, es ist wichtig. Du solltest ihm antworten, um etwas Zeit zu schinden, damit wir uns einen Plan ...«

»Elaine? Kanzlei?«, unterbricht sie mich scheinbar ratlos.

»Ja«, murmele ich und räuspere mich. »Er hat wohl in deinem Mantel eine Visitenkarte deiner Kanzlei gefunden und die richtigen Schlüsse gezogen. Er kennt deinen Namen und deinen Arbeitgeber. Ich will mir nicht ausmalen, wie groß der Fallout wäre, wenn er seine Drohung wahr macht.«

»E-elaine ... Woodworth?«, keucht sie.

»Hör zu, wenn du dir Sorgen machst, weil ich deinen Namen nun auch kenne ...«, will ich ansetzen, nachdem ich genickt habe.

Aber sie unterbricht mich schon wieder. Diesmal auf die unwahrscheinlichste Weise, die ich mir vorstellen kann.

Sie lacht. Es beginnt als Glucksen, aber es dauert nicht lange, bis sie sich den Bauch hält und kaum mehr Luft bekommt. Es ist geradezu hysterisch. Was wohl eine mögliche Schockreaktion darstellt. Also tue ich das Einzige, was mir einfällt, und nehme sie fest in die Arme.

»Ich lasse nicht zu, dass so ein Wichser dein Leben zerstört«, raune ich ihr entschieden zu. »Nur über meine Leiche. Oder besser ... über *seine* ...«

FÜNFZEHNTES KAPITEL

Kitty

Mein Lachflash beruhigt sich so schnell, wie er gekommen ist. Was nicht daran liegt, dass ich weniger belustigt bin. Es sind seine leisen todernsten Worte, die mit einer Welle der Wärme die hysterische Albernheit wegspülen, die mich gepackt hat.

Eine freche Erwiderung liegt mir sofort auf der Zunge. Etwas darüber, ob der Officer jeder Verkehrssünderin, die er sich für ein Wochenende hart vornimmt, solche Versprechungen macht. Aber es bleibt mir sofort im Hals stecken, denn ... das tut er nicht.

Selbst im Scherz kann ich es nicht sagen, weil es nicht richtig wäre. Was er tut gilt nur mir. Er vergisst sich für mich, macht sich strafbar für mich, stellt seinen inneren ›netten Kerl‹ für mich in die Ecke und ... würde für mich töten. Dieser Mann ist genau die Sorte unverbrüchlich loyaler Mensch, die man dafür sein muss.

Ich verdiene ihn nicht. Und er ... verdient was Besseres als mich!

Ich kann jedoch auch das nicht aussprechen. Stattdessen klammere ich mich an ihn und fange an zu heulen. Gottverdammt!

»Ist okay, wir kriegen das hin«, murmelt er beruhigend und streichelt mein Haar. »Mit deiner Hilfe finde ich einen Ausweg. Ich habe ihn schon durch den Computer gejagt. Seine Handynummer gehört einem Eric Rasmussen. Er wohnt gerade noch so in diesem County in einem abgelegenen Häuschen. Kann das stimmen?«

Ich nicke. Was bleibt mir sonst übrig. Der Name stimmt. Ich habe meinen eigenen Background-Check bei dem Dummbeutel gemacht, bevor ich mich auf ein Date einließ. Leider war dabei nichts darüber herauszufinden, was für ein weichlicher Lappen er ist. Oder über seine offensichtliche Rachsucht ...

»Es gibt noch eine Nachricht von ihm«, verkündet mein ritterlicher Polizist. Ich weiß nicht, wann er mein Handy aus seiner Tasche geholt hat, aber er hält es in der Hand. »Denkst du, du kannst sie dir ansehen?«

Ich wünschte, ich könnte ihm sagen, wie wenig mich dieser Lutscher kratzt oder interessiert. Doch dann müsste ich über Gefühle sprechen, die Deputy Mike gelten. Und das ... kann ich wirklich nicht. Ich habe sofort wieder einen Kloß im Hals, wenn ich daran denke. Schnell nicke ich, um nicht gleich wieder loszuheulen.

»Es ist eine Videonachricht«, grollt Mike ungehalten.

»Ich habe gesehen, dass du meine Nachrichten schließlich gelesen hast, *Elaine*«, quakt es aus dem Lautsprecher meines Zweit-Smartphones. Wie triumphierend der Volltrottel den Namen ausspricht, ist allein schon Grund genug, ihm in die Eier zu treten.

»Wenn du nicht innerhalb der nächsten Stunde eine zufriedenstellende Antwort gibst, wird das folgende Video per Mail an deine Kanzlei gehen. Ich lege noch alle relevanten, lokalen Klatschblätter drauf, um es dir leichter zu machen. Ich erwarte, dass du wieder hierherkommst und diesmal wirst nicht du das Sagen haben ...«

Ich stöhne nur leise, denn dieser kleine Pisser kapiert wirklich rein gar nichts. Ich habe ihm das Heft aus der Hand genommen, weil er mit der Situation - mit *mir* - völlig überfordert war. Ich habe ihm jede Chance gegeben, sich meiner zu bedienen. Ganz so, wie es im Grunde auch zuvor abgesprochen war.

Was ich ihm nicht gab, weil ich es auf den Tod nicht ausstehen kann, war eine Schritt-für-Schritt-Anleitung. Ohne die war die Flitzpiepe allerdings völlig aufgeschmissen. Eine Frau wie mich hatte er noch nie in Reichweite seiner Wichsgriffel. Das hat ihn eingeschüchtert. Jetzt trauert er der verpassten Gelegenheit nach und macht sich endgültig zur Lachnummer, indem er es allen Ernstes mit Erpressung versucht.

Ich schiele zum Handy-Display, wo ein zweigeteilter Video-Bildschirm gleichzeitig meinen Auftritt vor seiner Haustür und eines der Selbstbefriedigungs-Videos zeigt, die ich ihm geschickt habe. Er hat sich richtig Mühe gegeben, die kleinen Makel und Spuren meines Lebens zu markieren, die zu sehen sind, wenn man viel zu viel Zeit damit verbringt, die Aufnahmen zu studieren. Auf die Weise denkt er wohl, um die Tatsache herumzukommen, dass ich ihm nie ein Video mit meinem Gesicht habe zukommen lassen.

Mehr als das dumme Erpresserstück interessiert mich allerdings die Reaktion von Mike. Er starrt auf das Display und seine Kiefer mahlen. Verachtet er mich dafür, dass ich einem Fremden solche Aufnahmen von mir geschickt habe? Stößt es ihn ab? Findet er mich jetzt widerlich?

Gott, warum sollte mich das interessieren!? Ich werde ihn nach diesem Wochenende nicht wiedersehen. Das ist absurd. Wir haben keine Zukunft. Es ist ... unmöglich!

»Verabscheust du mich jetzt?«, wimmere ich, ohne dass ich es verhindern kann.

Jämmerlich!

»Bist du bescheuert?«, schnaubt er.

Gottverdammt, mein Herz ist stehen geblieben und jetzt … glüht es!

»Wenn ich jemanden verabscheue, dann diesen Flachwichser«, grollt er so hart, dass mir heiß wird. Aber nicht im Schoß, sondern … *überall.*

»Denkst du nicht schlecht über eine Frau, die solche Videos an Fremde verschickt?«, erkundigt sich ein unkontrollierbarer Teil meiner Selbst kleinlaut.

»Es ist dein gutes Recht, jemandem deinen Körper zu zeigen, wenn du das willst«, gibt er zurück. »Du hast es im Vertrauen getan und dieser Scheißer missbraucht das jetzt. Erpressung ist kein Kavaliersdelikt und das hier ist schon ziemlich weit im Bereich der sexuellen Nötigung. Dafür gehört er in den Knast.«

Ich blinzele nur, denn ich meine fast, mich verhört zu haben. Es bleibt nicht unbemerkt.

»Was dann wohl auch mich betrifft«, brummt er und seufzt. »Ich … Es … tut mir wirklich leid, wie ich …«

»Kein Wort mehr!«, zische ich und packe ihn am Kragen. »Hör auf, dich zu entschuldigen. Du weißt es besser.«

Unsere Blicke treffen sich und seiner spießt mich geradezu auf. Ich muss nach Luft schnappen.

»Wenn das so ist, dann … kann man diesem Knilch auch nichts vorwerfen, oder?«, knurrt er. »Sollte ich dich dann dahin schleifen und ihm sagen, er soll sich deinen Arsch vornehmen, weil ich deine Pussy schon zu wundgefickt habe?«

Fuck! Das zieht so richtig tief!

»Wenn es das ist, was du tun willst«, keuche ich und zwinge mich, seinem Blick weiter zu begegnen.

»Was *ich* will!?«, schnaubt er.

»Wenn es … dich anmacht, mich wegzugeben, dann …«

»Wenn es *mich* anmacht?!«, keucht er und runzelt die Stirn. »Was ist mit *dir*?«

Ich will mich winden und wegsehen, aber in dem Moment packt er mein Kinn fest mit der Hand und verhindert es. Die Augen zu schließen … wage ich nicht.

»Ich habe keine Wahl«, wimmere ich.

»Bullshit!«

»Nein!«, begehre ich auf. »Ich habe keine Wahl und ich … ich *will* auch keine haben!«

»Du willst keine haben«, wiederholt er und wird sehr nachdenklich. »Aber … wenn ich dich jetzt zur Tür rausjagen würde, ohne dich jemals wiedersehen zu wollen, würdest du dann zu diesem Flachwichser rennen?«

Ich kann nicht verbergen, wie kalt mir wird, als er diese Möglichkeit einfach so in den Raum stellt. Das könnte er tun. Mich einfach wegschmeißen, wie eine benutzte, kaputte Puppe. Das … wäre sein Recht. Und ich … könnte es verstehen, denn was bin ich anderes?

»Nein«, wispere ich und verberge die neuen Tränen, indem ich den Blick endlich senke.

»Warum nicht?«, fordert er zu wissen.

»Ich will ihn nicht …«, gebe ich kleinlaut zu.

»Aber du willst *mich*?«

Ich schlucke. Muss er mich jetzt noch so erniedrigen, wenn er mich eigentlich loswerden will?

»Antworte!«

»Ja …«, schluchze ich.

»Dann … wirst du jetzt tun, was ich sage«, bestimmt er. »Du wirst diesem Hosenscheißer antworten, dass er gewonnen hat und du seiner Forderung nachgibst.«

Ich will mich winden, aber ich kann nicht. Der Schreck darüber, dass mir gleichzeitig das Herz erfriert und die Pussy wieder warm wird, ist einfach zu groß. Scheiße, ich werde genau das tun, was er mir sagt. Und mehr noch. Weil ich … nicht anders kann.

Ich würde *alles* tun, was er von mir verlangt. Das Glücksgefühl, wenn ich ihm gehorche, ist einfach zu mächtig. Er … er hat … mich schon erfolgreich konditioniert.

»Ja, Sir«, hauche ich.

»Gut. Und dann reiße ich dem Pisser den Arsch auf, weil er es verfickt noch mal verdient. Das Stück Dreck hat sich die falsche Frau ausgesucht, an der er sich vergehen will!«

Mit weitaufgerissenen Augen starre ich ihn wieder an und alles dreht sich in meinem Kopf. Ich verstehe gar nichts mehr …

»Du gehörst mir«, grollt er nur noch.

Das begreife ich. Auch ohne seinen Griff in meinen Nacken, mit dem er mich zu sich zieht, um mich zu küssen.

Ich begreife und ich vergehe. Gefühle, die ich nie zulassen wollte, schlagen über mir zusammen. Tränen fließen ungebremst. Mein Herz tut unendlich weh, weil es wie verrückt schlägt. Weil es … platzen will. Vor *Glück*!

SECHSZENTES KAPITEL

Mike

Diese Frau hört nicht auf, mich zu erstaunen. Kurz dachte ich, sie habe den Punkt erreicht, an dem ihre Kraft sie verlässt. Ihr Zusammenbruch war heftig, der emotionale Absturz extrem tief. Sie hat sich in meine Arme geworfen und sich auffangen lassen.

Nach einer Weile ist sie wieder gefasst genug, um dem Erpresser eine Antwort zu geben. Nicht viel mehr als dass er gewinnt und sie noch heute Abend wieder vor seiner Tür stehen wird, wenn er dafür darauf verzichtet, die Mail zu verschicken, mit der er droht.

›*Heute Abend*‹, schreibt er praktisch sofort zurück. ›*Wenn du bis neun Uhr nicht hier bist, hast du dir alles selbst zuzuschreiben, was auf dich zukommt.*‹

Die Zeit, die wir dadurch gewinnen, nutze ich aus. Die Fahrt zum Haus des Scheißkerls wird etwa zwanzig Minuten dauern. Der Tag ist bereits erstaunlich weit fortgeschritten. Ich schicke sie duschen und gehe Ausrüstung zusammensuchen, von der ich weiß, dass sie existiert, auch wenn sie wohl noch nie benutzt wurde. Ich will keine Fehler begehen.

Die fieberhafte Aktivität macht es möglich, nicht zu viel nachzudenken. Was gut ist, denn ich fürchte mich ein wenig davor. Aber es ist auch schlecht, denn ich fühle den Drang, diese ganze Sache endlich gründlich von allen Seiten zu beleuchten. Vor allem angesichts dessen, was sie zu mir gesagt hat. Und was *ich* zu *ihr* gesagt habe.

Himmel, ich weiß nicht, woher diese brutalen Worte kamen. Das macht mir Angst. Ich kann noch immer den Drang fühlen, sie zu packen, zu mir zu ziehen und an mich zu pressen. Sie zu zwingen, laut herauszuschreien, wem sie gehört. Und mir einen zu blasen …

Fuck, ich fühle mich, als würde ich am Rand meiner Selbstbeherrschung operieren. Und das … fühlt sich weniger schlecht an, als es sollte. Ich kann darüber jetzt nicht nachdenken. Ich packe Equipment in den Cruiser, das ich brauchen werde. Dann kehre ich ins Revier zurück, um zu sehen, wie weit sie ist.

»Hast du etwas zum Anziehen gefunden?«, will ich wissen, als ich sie im Umkleideraum bei den Duschen hantieren höre.

»Ich denke schon«, antwortet sie. »Soll ich es dir zeigen?«

Es ist eine rhetorische Frage. Ich höre sie schon näherkommen und bin gespannt, was sie in dem kleinen Sortiment der Fundsachen entdeckt hat, die auf dem Revier versauern. Viel gab es da nicht. Und viel *ist* es wirklich nicht, was sie trägt, als sie den Durchgang durchschreitet. Aber es hat *Wirkung*!

»Okay, das ist perfekt«, haucht sie mit blitzenden Augen, als sie meine Salzsäulengestalt mustert.

»W-wo …?«, krächze ich.

»Oh, hier und da …«, säuselt sie und grinst überaus zufrieden.

»Hierher!«, schnappe ich.

Jetzt bin ich es, der fast grinsen muss, denn ihre Selbstzufriedenheit zerspringt bei einem erschrockenen Luftholen, bevor sie auf mich zu eilt. Wenn man ihr gegenüber den richtigen Ton anschlägt, pariert sie wirklich blendend.

»Ja, Sir?«, wispert sie erwartungsvoll.

Ich fasse sie genau da, wo es vorgesehen ist, und ziehe sie zu mir, bis sich unsere Körper berühren. »Ist das dein Ernst?«, knurre ich.

»Mein voller Ernst, Deputy?«, wimmert sie unterwürfig, aber gleichzeitig auch unbeugsam. »Mehr brauche ich nicht, um mich sicher zu fühlen.«

»Also bist du wieder auf Öffentliche Unzucht aus?«

»Eher auf die Strafe, die mir dafür blüht«, meint sie ganz ungeniert.

»Dir gehts wohl zu gut?«

»Du hast ja keine Ahnung, *wie* gut«, seufzt sie und weicht ganz kurz meinem Blick aus.

Ich lasse es ihr mit einem Schnauben durchgehen, denn ich bin nicht bereit für dieses Gespräch. Aber ich weiß nicht, ob ich ihr diese andere Nummer durchgehen lassen kann. Sie steht nämlich noch immer splitternackt vor mir. Nur um ihren Hals liegt ein verdammtes Hundehalsband. Und daran baumelt eines der Namensschilder, die dafür gedacht sind, meine Wäsche kenntlich zu machen. Ich habe diese Dinger nie benutzt, denn eine Wäscherei gibt es hier nicht.

Sie zu sehen, wie sie sichtlich erhitzt und aufgekratzt mit einem Halsband ankommt, auf dem *mein* Name prangt, ist ... verdammt scharf! Aber es ist auch unglaublich unvernünftig. Was wiederum bedeutet, dass es hervorragend zu ihr passt ...

»Hältst du das für eine gute Idee?«, will ich so ernst wissen, wie es mein Zustand zulässt.

»Es wirkt genau so, wie ich es mir vorstelle, Officer«, versetzt sie grinsend und greift mir an den Ständer in der Hose.

»Du weißt, dass ich das nicht meine«, grolle ich.

»Nichts von dem, was in der Kiste ist, passt zu mir oder zur Situation«, erwidert sie endlich mit zumindest etwas Ernst. »Gestern habe ich ihn nur im Mantel besucht. Heute komme ich, weil er mich zwingt. Wozu soll ich etwas anziehen? Es ist doch sowieso klar, was er von mir will.«

»Das macht dir nichts aus? Wir müssen dorthin fahren. Leute könnten dich sehen …«

»Um diese Uhrzeit liegen die Leute in diesem Kaff schon im Bett und außerdem nehmen wir deinen Wagen, nicht wahr?« Ich nicke. »Also kann ich mich auf dem Beifahrersitze einrollen und meinen Kopf auf deinen Schoß legen. Dann sieht mich niemand.«

»Was ist der wirkliche Grund?«, brumme ich.

»Schau in den Spiegel und denk an meinen Anblick, dann verstehst du es vielleicht.«

»Du bist verrückt.«

»Völlig. Du beginnst gerade erst zu erahnen, wie sehr«, gibt sie zu. »Und … Officer?«

»Deputy.«

»Du bist schuld daran …«

»*Ich*!?«

»Ja. Du.«

Ich will protestieren, aber ich weiß leider ziemlich genau, worauf sie anspielt. Es hat auf jeden Fall mit meiner Hand zu tun, die ihren Rücken hinab bis zu ihrem Po gewandert ist, um eine der Backen fest zu greifen und dabei mit der Fingerspitze sogar über ihren Plug zu streifen.

»Haben wir dafür Zeit, Off…?«

»Wenn du es noch einmal sagst, lege ich dich über Knie und versohle dir den Hintern, bis er glüht«, fahre ich dazwischen. Ein Fehler, wie ich sofort begreife …

»Fuck, *Officer*!«, keucht sie. »Aber nicht doch!«

Ich verenge die Augen und packe ihre Arschbacke so fest, dass sie zischend einatmet. »Später«, knurre ich nur und weiß, dass ich es auch durchziehen muss.

Das Schlimme ist, dass ich genau das auch will. Womit ich ihr in die Hände spiele, denn ich sehe ihr an, dass es ihr ebenso geht.

»Jetzt müssen wir uns auf den Weg machen«, verkünde ich. »Miss Woodworth …«

Sie erstarrt und blickt mich sehr komisch an. Zur Abwechslung kann ich es mal ganz und gar nicht deuten.

»Kitty«, korrigiert sie ohne irgendwelchen Schalk in Stimme oder Blick.

Es ist eine klare, ernsthafte Ansage. Ich begreife, wie deutlich sie mir machen kann, wenn ihr etwas nicht gefällt. Sehr beruhigend, auch wenn ich nicht verstehe, warum sie auf diesem falschen Namen beharrt. Das ist allerdings ein Thema, dem wir uns später widmen können.

»Weißt du eigentlich, dass du nicht nur verflucht scharf in deiner Uniform aussiehst, sondern auch wie ein Soldat?«, fragt sie, kurz nachdem ich den Cruiser in Bewegung gesetzt und den Parkplatz des Reviers verlassen habe.

Ich blicke zu ihr rüber und ziehe eine Augenbraue hoch. Entgegen ihrer Ankündigung hat sie sich mit dem Rücken an die Beifahrertür gelehnt und anstelle ihres Kopfes liegen ihre Füße auf meinem Schoß. Sie sind dort nicht untätig.

»Es geht ja wohl kaum schärfer als nackt«, erwidere ich grinsend.

»Aber Officer«, säuselt sie und drapiert sich die Leine, die sie an dem Halsband eingehakt hat, auf ihrer Vorderseite, sodass sie zwischen den Brüsten entlang bis direkt über ihre Spalte verläuft, »ich bin doch nicht nackt.«

»Das macht es nur noch reizvoller«, gebe ich zu.

»Oh wirklich? Hmm …«

Noch einmal werfe ich ihr einen Blick zu und erfasse einen nachdenklichen Gesichtsausdruck, der mir sofort Sorgen aufkommen lässt. Und die Erektion verstärkt, die sie mit ihren Zehen zu erzeugen begonnen hat.

Ich muss mich zusammenreißen, die Straße nicht völlig zu vergessen, während sie die Schenkel spreizt und sich die relativ kurze Leine noch weiter zwischen die Beine führt. Mein Atem wird schwer, weil sie die Handschlaufe um das aus ihrem Hintereingang ragende Ende des Plug legt. Dann biegt sie den Rücken etwas durch und atmet tief ein.

»Wie ist das?«, haucht sie zum Abschluss und präsentiert mir das Ergebnis.

»Du bist irre«, murmele ich. »Aber auf eine gute Weise …«

» Das ist alles nur deine Schuld«, wispert sie und sieht mich durch ihre Wimpern hindurch mit funkelnden Augen an.

»Wie das?«, schnaube ich.

»Deine Reaktionen auf praktisch alles, was ich tue, um dich zu reizen. Ich bin ein Junkie und du bist die reinste Form meiner Droge, die mir je untergekommen ist. Ich schwöre, ich bin normalerweise nicht ganz so verrückt.«

»Als ich dich das erste Mal gesehen habe, warst du nur unwesentlich weniger nackt«, merke ich an.

»Und seitdem fühlt sich Kleidung nicht nur überflüssig, sondern richtig störend an«, hält sie dagegen. »Sie würde dir den Blick verstellen und den Zugriff erschweren. Das geht nun wirklich nicht.«

»Also bin ich hier derjenige, der dich zur Unschicklichkeit verführt?«, erkundige ich mich mit einem Lachen.

»Oh, ich weiß ganz genau, wer hier wen zum Bösen verführt«, haucht sie und räkelt sich ein wenig, während sie meinen Harten durch die Hose fest drückt. »Ich wette, vor diesem Wochenende war dein schlimmstes Verbrechen ein böser Gedanke. Du bist so grundanständig, dass ich fast bedauere, was ich mit dir anstelle.«

»Aber nur fast«, greife ich auf, ohne ihr zu widersprechen. Auch wenn sie nicht ganz richtig liegt, denn ich bin kein Engel. Viel auf dem Kerbholz habe ich allerdings wirklich nicht.

»Ich genieße es zu sehr«, verteidigt sie sich ohne viel Reue. »Und es steckt in dir. Du hast es vielleicht immer unterdrückt, aber du bist nicht nur dominant, sondern auch ein verdammter Mistkerl, der eine Frau an ihren Platz zwingen will.«

Ich öffne sofort den Mund, um zu widersprechen. Es ist ein Automatismus, den ich im letzten Moment erkenne und mich selbst unterbreche. Wenn ich ehrlich zu mir selbst bin, hat sie recht.

Ich will keine Frau zu etwas zwingen, was sie nicht will. Das ist verabscheuenswert. Aber eine Frau, die es genießt unterworfen zu werden, auf ihren Platz zu zwingen … Ja, das macht mich an. Ich weiß das schon lange, aber wirklich ausgelebt habe ich es erst an genau diesem Wochenende, denn mir ist noch keine Frau begegnet, mit der es sich so natürlich und wie von selbst perfekt gefügt hat.

»Von daher …«, fährt sie fort, als ich stumm bleibe, »tut mir leid und gern geschehen.«

»Was genau tut dir leid?«

»Es geweckt zu haben. Das wird dein ordentliches, anständiges Leben hier wohl nicht einfacher machen.«

»Das war es wert«, grolle ich ohne nachzudenken. »Selbst wenn du mich für den Rest der Frauenwelt verdorben hast.«

»Oh, es gibt Frauen da draußen, die dich mit Handkuss nehmen werden«, widerspricht sie. »Du bist ein ziemliches Goldstück. Du wirst sie aber vermutlich nicht gerade *hier* finden …«

»Vielleicht brauche ich gar nicht mehr weiter zu suchen«, merke ich leise an.

Sie verstummt und dreht sofort den Kopf weg. Es ist ein wunder Punkt, das liegt auf der Hand. Ich überrasche mich selbst damit, dass ich wie selbstverständlich über das Wochenende hinaus zu denken beginne. Offenbar will sie das lieber vermeiden. Selbst wenn das schmerzt, begreife ich es auch.

Immerhin sind unser beider Leben grundverschieden und wahrscheinlich nicht im Ansatz miteinander kompatibel. Eine Großstadt-Anwältin und ein Hilfssheriff vom Land? Das klingt nicht gerade nach dem Stoff für ein Happy End.

So gern ich noch etwas dazu sagen würde, ich lasse es. Stattdessen lege ich die Hand auf ihre Füße und massiere sie leicht, bis sie sich wieder zu entspannen beginnt. Dabei entdecke ich dann auch, wie sensibel sie auf Berührungen zwischen ihren Zehen reagiert. Es lässt sie wohlig erschauern und löst sehr zuverlässig ein kleines, sinnliches Räkeln aus, bis sie mir den Kopf wieder zuwendet und sich auf die Unterlippe beißt.

»Wenn du damit weitermachst, werden wir zu spät kommen«, warnt sie. »Sag mir lieber, was du mit dem Kerl vorhast. Verhaften willst du ihn nicht, oder?«

Ich unterdrücke das Lächeln über ihre Warnung nicht. Es gefällt mir und ich merke mir diese erogene Zone für später. Ihre Frage ist wiederum berechtigt und sie hat absolut recht mit dem Hinweis auf das, was Vorrang haben muss.

»Keine Sorge. Elaine Woodworth muss keinen Gerichtstermin befürchten, bei dem unangenehme Fragen zu ihren Privatangelegenheiten gestellt werden«, versichere ich.

»Dafür wird dir Elaine Woodworth sehr dankbar sein«, erwidert sie.

So sehr es mir unter den Nägeln brennt, dieser seltsamen Trennung zwischen ihrer Realpersona und der Frau, die sie mir gegenüber ist, nachzugehen … ich lasse es. In gewisser Weise macht es mir diese Frau sogar leichter begreiflich. Auch wenn es schmerzt, weil ich umso klarer sehe, dass in ihrem Alltag kein Platz für mich sein wird.

»Wenn er sich keine groben Schwachheiten herausnimmt, werde ich ihn wohl nur so hart einschüchtern, dass er sich in die Hose scheißt und nie wieder auf die Idee kommt, eine Frau zu etwas zwingen zu wollen«, fahre ich mit der Beantwortung ihrer Frage schnell fort, um mich abzulenken. »Und wenn er Hand an dich legt, habe ich genug Grund, ihm sehr wehzutun, auch ohne seine erbärmliche Erpressung heranzuziehen.«

Sie erschauert und wirft mir einen höllisch intensiven Blick zu, dem plötzlich wieder jede Barriere und Abgrenzung fehlt. Der Hinweis darauf, dass ich für sie und zu ihrem Schutz ohne zu zögern brutal zuschlagen werde, löst eine heftige Reaktion bei ihr aus. Was mir wiederum gefährlich gut gefällt.

»Sag mir nur, was ich tun soll«, haucht sie und massiert geschickt meinen Ständer, während sie mir durch ihre unruhigen Beinbewegungen deutlich ihre eigene Lust signalisiert.

Ich muss schon wieder aufpassen, dass ich mich nicht zu sehr von ihren leicht geöffneten Lippen, ihrem glutvollen Blick, ihren harten Nippeln und ihrer feuchten Pussy ablenken lasse und von der Straße abkomme. Auch wenn es das vielleicht wert wäre.

Hart schluckend erkläre ich ihr den einfachen Plan in ganz groben Zügen, während sie es mir immer schwerer macht, mich zu konzentrieren, weil sie genau merkt, was sie bei mir anrichtet. Und weil sie das in vollen Zügen genießt, weswegen sie keinen Deut nachlässt.

Das Ziel - eine zugewucherte Informationstafel am Straßenrand ganz in der Nähe des alleinstehenden Hauses - zu erreichen, ist gleichzeitig eine Erleichterung und eine Enttäuschung.

»Wir sind da«, grolle ich.

»Ja. Scheiße ...«, murmelt sie. »Ich würde jetzt lieber ...«

»Ich auch«, bestätige ich unumwunden. »Erst die Arbeit, dann das Vergnügen.«

»Spielverderber ...«, meint sie mit übertriebenem und dennoch süßem Schmollmund, wendet sich aber um, entzieht mir ihre Füße und öffnet die Beifahrertür.

»Denk daran, ich bin in Reichweite«, erinnere ich sie. »Ich kann alles mit dem Richtmikrofon hören und wenn er etwas versucht, bin ich schnell bei dir. Falls ich ›runter‹ rufe, lässt du dich fallen, wo du stehst, und siehst nicht hin. Ich sorge dafür, dass er dir keinen körperlichen Schaden zufügen kann. Du musst nur schauen, dass du ihm am besten ein Geständnis entlockst, das ich aufzeichnen kann.«

Sie nickt, ohne mich anzusehen und ich weiß, dass sie mit den Tränen ringt. Ich bin mir nur nicht sicher, warum. Die Begegnung mit ihrem Erpresser scheint an sich nichts zu sein, was ihr Angst macht. Sie knabbert an irgendetwas Anderem ...

Bevor ich allerdings nach ihr greifen kann, um sie noch einmal ermutigend zu drücken oder sogar zu küssen, atmet sie tief ein, steht auf und strafft sich. Ohne zurückzublicken geht sie los und ich muss mich beeilen, selbst in Position zu kommen.

Jetzt gibt es kein Zurück mehr und wir werden das durchziehen und sie von diesem Wichser befreien. Komme, was da wolle.

Siebzehntes Kapitel

Kitty

Die Abendluft streicht über meinen Körper, nachdem ich ausgestiegen bin. Sie ist kühl und ich bekomme eine Gänsehaut. Mir könnte nicht bewusster sein, wie nackt ich bin. Aber das spielt keine Rolle …

Nein, es ist mehr als das. Ich genieße es. Vom ersten Schritt an reibt sich die Lederleine an meinen Schamlippen, durch die sie verläuft. Im Stehen ist sie ganz leicht gespannt, während sie halb liegend auf dem Beifahrersitz ziemlich locker saß. Jetzt spüre ich den Zug an meinem Plug und … ärgere mich fast, dass ich ihn nicht wieder eingeschaltet habe.

Ich weiß, warum das so ist. Ich fühle, wie mir der Stolz den Rücken gerade macht. An meinem Halsband baumelt ein Schild mit seinem Namen und er wacht über mich. Ich hatte noch nie einen Beschützer, den ich nicht für seine professionellen Dienste bezahlt hätte. Aber ich kann mich auf diesen Mann verlassen. Das ist sogar noch neuer und ungewohnter für mich.

Von seinem Polizeiwagen aus ist es nur ein kurzes Stück bis zur Hecke, die das Grundstück umgibt, zu dem ich muss. Am Vorabend war es dunkler und ich war aufgeregt. Heute erkenne ich, wie schlecht dieser Sichtschutz gepflegt wird. Er wuchert einfach nur.

Aufregung spüre ich auch jetzt wieder. Sie steht in keinem Vergleich zu der von meinem letzten Besuch. Da war ich erregt, weil ich mich selbst tagelang aufgegeilt hatte. Jetzt bin ich erregt, weil der reine Gedanke an Mike schon ausreicht, um mich das Leder in meinem Schritt mit meinem Saft tränken zu lassen. Ich bin auf eine Weise und in einem Maß erregt, das ich so aus meiner Vergangenheit nur vom kurzen Aufflackern fantasiegeborener Strohfeuer kenne. Erfüllt hat sich so eine Begierde nie. Bis jetzt.

Ich bleibe stehen, bevor ich den Durchgang durch das Gestrüpp erreiche. Was mich erwartet, kann ich nicht wissen. Was hinter mir liegt, ist mir trotz der kurzen Zeit schon so sehr vertraut. Ich … muss ihm etwas sagen und er meint, er könne mich hören. Vielleicht gelingt es mir, wenn ich ihm dabei nicht in die Augen sehe.

»Ich weiß nicht, ob du mich wirklich verstehen kannst«, murmele ich leise, mit leicht zur Seite gedrehtem Kopf. »Ich … weiß nicht einmal, ob ich das wirklich will. Aber ich … muss dir sagen, wie viel es mir bedeutet, was du für mich tust.«

Tief durchatmend gebe ich mir einen Ruck, um nicht zu kneifen und es auch wirklich zu tun. Verletzlicher als in diesem Moment habe ich mich nur selten in meinem Leben gefühlt.

»Ich glaube, mir hat noch nie jemand so viel gegeben wie du«, ringe ich mir mühsam ab. »I-ich … will nur, dass du weißt, dass es mir mehr bedeutet, als ich beschreiben kann. Egal, was passiert, ich … danke dir!«

Ein leises Geräusch von irgendwo hinter mir lässt mich zusammenzucken. Ich weiß, dass es bedeutet, er hat mich gehört. Gewaltige Hitze steigt mir bis in die Wangen und ich muss mehrmals tief Luft holen. Was für ein blödes, lahmes, sinnfreies Geständnis! Wie unendlich peinlich …

Ich bin versucht, auf der Stelle kehrt zu machen und ihm zu sagen, dass er das ganz schnell vergessen soll. Das wäre jedoch noch alberner. Wie ich ihm hiernach noch einmal in die Augen sehen soll, weiß ich nicht. Gott, ich fühle mich plötzlich wie ein Teenager, wenn ich an ihn denke. Was für eine Scheiße!

Ich gebe mir einen Ruck und gehe weiter. Es gibt kein Zurück. Das gab es für mich noch nie. Ich kann nicht umkehren, nichts rückgängig machen und ausweichen will mir auch kaum jemals gelingen. Also bleibe ich bei dem, was mich bisher durchs Leben gebracht hat: mit dem Kopf durch die Wand. Oder - in diesem Fall - durch das offenstehende Gartentürchen im Durchgang der Hecke.

Im Zwielicht sehe ich auch das Haus mit neuen Augen. Soweit mir Eric erzählt hat, ist es ein Erbe von seiner Mutter. Ich glaube ihm, denn so sieht es auch aus. Nur dass die Frau, die hier mal gelebt hat, ihren Garten in Schuss gehalten haben dürfte. Man sieht, dass er einmal sehr gepflegt war und das seit Jahren vermisst.

Die Fenster der Vorderfront sind alle dunkel, aber ich bin mir sicher, dass ich bereits bemerkt wurde. Ich erinnere mich an den Blickwinkel der Aufzeichnung von meinem ersten Auftritt hier. Nur aus dem Augenwinkel taste ich den Bereich um die Haustür herum ab, bis ich einen kleinen Kasten entdecke, der nicht zu den restlichen Linien passt. Ich befinde mich ganz klar im Blickfeld.

Trotzdem zucke ich zusammen, als sich die Haustür öffnet. Mit gesenktem Blick starre ich auf haarige Männerfüße in offenen Hausschuhen und den unteren Saum eines Bademantels, der erfolglos versucht, sich als Hausmantel auszugeben. Wäre er nicht aus Frotteestoff, hätte das was werden können. So ist er einfach nur dunkelgrau und billig.

»Gerade noch rechtzeitig«, erklingt die leicht nasale Stimme des Bewohners dieser Beinahe-Bruchbude. »Ich war drauf und dran, die Mail abzuschicken.«

Ich bleibe stehen und werfe ihm einen Blick durch meine Wimpern und ein paar in mein Gesicht hängende Haarsträhnen zu. Es gibt praktisch keine Veränderung zu unserem letzten Aufeinandertreffen. Und dennoch … ist alles völlig anders.

Mir stockt der Atem, als mir bewusst wird, dass er nicht allein ist. Mein Herz fängt an zu pochen, denn er teilt sich den Platz, den sein Körper einnimmt, mit … Schemen. Es sind die Schatten meiner eigenen Vergangenheit. Die Dämonen, mit denen ich immer zu ringen habe. Nur während der letzten knapp vierundzwanzig Stunden habe ich fast vergessen, dass sie existieren.

»Und bereit bist du auch, für das, was dich erwartet«, meint er hämisch. »Das ist gut. Ich bin froh, dass du für die Kamera schon gleich das passende Outfit gewählt hast. Die Hündin kauft man dir sofort ab, so läufig bist du.«

Er sieht nicht, wie ich die Augen verdrehe. Seine Versuche, mich zu beleidigen und damit zu erniedrigen, sind furchtbar peinlich, weil sie so schlecht rüberkommen. Sicher, sie treffen einen Teil von mir, denn die Worte sind mir von vielen anderen Gelegenheiten vertraut. Aber ein Waschlappen wie er wird damit niemals eine durchschlagende Wirkung erzielen.

Ich öffne den Mund, denn ich soll ihm ein Geständnis entlocken und dazu muss ich sein Gelaber steuern. Jedes Wort bleibt mir jedoch im Hals stecken, als ich aufblicke und mich neben seinem Gesicht noch so viele mehr mit höhnischen Blicken bedenken.

Gottverdammt, wo kommen die alle her? Jedes Arschloch, das sich jemals gegen Bezahlung, oder weil ich mein juckendes Fell nicht mehr allein gut genug kratzen konnte, an mir vergreifen durfte, ist da. Die weniger Schlimmen sind kaum zu erahnen. Die größten Bastarde, Mistschweine und Psychos überragen dafür bei Weitem die traurige Gestalt im Türrahmen.

»Sprachlos?«, höre ich Eric über ein langsam anschwellendes Wispern anderer Stimmen fragen. »Ehrlich gesagt ist das auch besser so. Schreien und stöhnen soll man dich hören. Ich gebe dir, was du dir offenbar so sehr wünschst. Und mehr. Die Videos, die ich von dir mache, werde ich gewinnbringend verkaufen. Und dein Gesicht wird man darauf ganz genau erkennen können ...«

Himmel, es ist so durchschaubar. Er hat mir immerhin zugehört, wenn ich im Chat mit ihm fantasiert habe. Gegen meinen Willen gefilmt zu werden ist eine der unzähligen Krücken, mit denen ich mir behelfe. Gruppen-Vergewaltigung steht auch auf der Liste. Und beides ist nicht immer nur Fantasie geblieben. Ich sehe die Schatten der betreffenden Wichser sich den Platz mit dem Schlappschwanz teilen. Sie feixen und freuen sich auf eine Show. Sie warten darauf, dass ich in meiner Verzweiflung wieder einmal weit mehr mit mir machen lasse, als gut für mich ist.

»Wie wäre es, wenn du für den Anfang auf die Knie gehst und zu mir krabbelst, um an meinen Zehen zu lutschen?«, drängt sich das Quäken von Eric durch die immer lauter werdenden Stimmen meiner versammelten Dämonen.

›Hure. Schlampe. Fickfleisch. Dreilochstute. Stück Dreck. Spermamülleimer. Menschliche Toilette‹, höre ich die anderen raunen.

›Du bist nichts. Du willst es, weil du Dreck bist. Niemand sonst würde dich anpacken‹, behaupten sie. ›Bettle! Fleh darum, Pisse trinken zu dürfen! Bedank dich dafür, den Arsch blutig gefickt bekommen zu haben! Du verdienst nichts Besseres! Du. Bist. Nichts!‹

»Los jetzt! Auf die Knie, Schlampe! Dein Arsch gehört mir! Tu, was ich von dir verlange, oder …«

»Nein.«

»Nein?!«, japst er und verschluckt sich fast. »Du hast keine Wahl! Ich …«

»Du?«, schnappe ich und reiße den Kopf so schnell hoch, dass meine Haare zurückgeworfen werden. »Du bist nichts. Ihr alle seid nichts! Du und jeder, der vor dir kam. Ich bin mit euch fertig!«

»Äh, was?«, quengelt er und starrt mich voller Unverständnis an.

Woher sollte er auch wissen, wer und was ihn umgibt. Nur ich sehe das. Ein sicheres Anzeichen für einsetzenden Irrsinn, aber … scheiß drauf!

»Ich bin nicht hier, weil du es von mir verlangst«, lasse ich ihn und all die Schatten scharf wissen. »An jedem anderen Tag in meinem beschissenen Drecksleben wäre das so gewesen. Ich hätte mich erpressen lassen. Nicht, weil ich Angst vor deiner lächerlichen Drohung habe.« Ich schnaube heftig, so absurd ist diese Möglichkeit. »Nein, weil der kleine Kick, den mir dein armseliger Versuch den starken Mann zu markieren gibt, deine abstoßende Jämmerlichkeit ein bisschen aufgewogen hätte.

Ich wäre gekommen und hätte dich deine Show abziehen lassen. Ich hätte deine Selbstbeweihräucherung und deine lahmen Versuche ertragen, mir zu zeigen, ›wo der Hammer hängt‹. Weil es mir zumindest ein wenig das gibt, was ich brauche wie der beschissene Junkie, der ich bin …«

Er schnappt nach Luft wie ein Fisch auf dem Trockenen, aber da sind andere Schatten, die sich drohend zusammenballen. Schatten von Männern, vor denen Angst zu haben es jeden Grund gibt. Ich habe mich Schlägern, brutalen Schweinen und Psychopathen ausgeliefert, von denen ich einer Handvoll auch einen Mord zutrauen würde.

Aber sie sind nicht hier. Das sind nur Schemen, die mir meine Fantasie vorgaukelt. Und selbst wenn sie hier *wären* ... Ich bin nicht allein!

»I-ich ...«, stammelt der kleine Mann aus Fleisch und Blut vor mir. »D-du ... Du! Ich werde ... Das Video. Die Mail!«

»Dann schick sie doch ab!«, zische ich und stelle mich mehr den Schatten entgegen, als ihm, der vor mir zurückweicht. Sie fordere ich heraus, auch wenn meine Worte sich an ihn zu richten scheinen. » Ich bin nicht Elaine Woodworth, du Vollidiot. Sie ist eine Anwältin, mit der ich zu tun habe. Deswegen hatte ich ihre Visitenkarte noch in der Tasche. Schick das Video. Sie wird es seltsam finden und mich anrufen, um mich zu fragen, ob ich dafür ihren Rechtsbeistand brauche. Mehr erreichst du damit nicht.«

Nur am Rande erfasse ich, dass ihn diese Offenbarung erschüttert. Viel mehr würde mich allerdings interessieren, was Mike darüber denkt. Ich weiß nicht, warum ich ihm vorenthalten habe, dass er sich ebenso irrt, wie Eric hier. Der Gedanke an ihn ... wärmt mich.

»Du kannst mich nicht erpressen«, fauche ich und richte Wut, die in mir aufkommt, auf das einzige Ziel, das es gibt. »Du bist eine Witzfigur im Vergleich zu denen, die vor dir kamen. Ich war eine Premium-Hure. Ich bin für Geld und aus freien Stücken in der Gewalt von Kerlen gewesen, die dich nicht mal als Zahnstocher benutzen würden, weil du zu weich bist. Und trotzdem stehe ich hier und lebe und atme noch. Schwerverbrecher haben meinen Arsch gefickt, bis er geblutet hat, aber ich bin hier. Schlägerbanden haben untereinander abgeklatscht, um nacheinander in mir zu kommen. Ich habe es überstanden. *Du?* Du kannst mir gar nichts! Dich ... verspeist er zum Frühstück.«

Das ist der Moment, in dem ich es wirklich begreife. Ich war schon nah dran, aber es hatte noch nicht geklickt. Bis jetzt.

Mein Fokus verschiebt sich und ich denke an den Mann, der belauscht, was hier gesprochen wird. Er hat alles gehört. Wird er mich verachten? Wird er mir den Rücken zukehren? Kann er überhaupt irgendetwas anderes tun, wenn ich ihm nicht sage, was ich ... fühle? Wenn ich ihm keinen reinen Wein einschenke, sondern ihn auf Abstand halte, weil ich ... einfach dumm bin?

»Dieses Wochenende hat mir jemand die Augen geöffnet«, gebe ich zu und es gilt ganz bestimmt nicht dem Waschlappen vor mir. »Ich müsste dir eigentlich dankbar sein, denn wenn ich mich nicht so in dir getäuscht hätte, wäre ich ihm nie begegnet. Ich hätte mit dem Scheiß weitergemacht, der mir magere Ersatzbefriedigung gibt, bis ich irgendwann wieder die wirklich harte Nummer gebraucht hätte. Bis ich in meiner Verzweiflung schließlich auf jemanden getroffen wäre, der keine halben Sachen macht. Bis ich in Einzelteilen in Plastiktüten auf der Müllhalde oder mit einem Gewicht um die Beine in einem Baggersee gelandet wäre.«

Es schüttelt mich, weil ich daran denken muss, wie oft ich diesem Schicksal nur knapp entgangen sein mag. Und ich ... hätte es vielleicht noch willkommen geheißen. In meiner wahnhaften Suche nach irgendjemandem, der es mit mir aufnehmen will und aushalten kann, war ich auf dem besten Weg, mir meinen Mörder selbst auszusuchen.

»Ich hätte mich von dir benutzen, erniedrigen und beschimpfen lassen, weil es mir gerade so genug Kick gibt, um mich ein wenig lebendig zu fühlen«, beantworte ich die Frage nach dem Warum, ohne dass sie jemand stellen müsste. »Ich hätte meine Verachtung dir gegenüber unterdrückt, wie ich es schon so oft getan habe. Du hättest es nie erfahren, weil ich deinen Funken Selbstvertrauen, den du aus deiner eingebildeten Machtposition gezogen hättest, ja nicht zerstören darf. Sonst bist du wieder der Waschlappen, den ich einfach nur stehenlassen musste, weil er mir rein gar nichts zu bieten hat.

Aber damit ist jetzt Schluss! Du und all die anderen schwanzlosen Wichser, die mit einer Frau nicht zurechtkommen, wenn sie weiß, was sie will … Ihr seid einfach nur scheiße! Ich habe es satt euch Pack die Dienerin zu machen, um eure empfindlichen Egos nicht so sehr zu verletzen, dass ihr keinen mehr hochkriegt. Ich habe nämlich etwas herausgefunden. Ich habe *ihn* gefunden!«

Fuck, wie konnte es so lange dauern, bis ich das selbst begreife? Zwischen den Typen, die selbst für mich zu hart sind, und denen, die ich nur belächeln kann, sticht Mike heraus wie … wie ein Gorilla unter Ameisen! Er ist *genau* das, wonach ich mich verzehre. Er ist so hart zu mir, wie es nur die Psychos gut hinbekommen haben, aber dabei so rücksichtsvoll und auf mein Wohl und meinen Spaß bedacht, wie die armen Kerle, die für eine wie mich viel zu nett sind. Was wiederum bedeutet …!

»Es gibt diesen Mann doch, der damit zurechtkommt!«, keuche ich fassungslos. »Ich bin *nicht* so unendlich kaputt, dass keiner mit mir zurechtkommt. Ich bin nicht durch und durch *verkehrt*. Es *gibt* jemanden, der es nicht nur mit mir aufnimmt,

sondern das sogar genießt. Ohne dauerndes Gewimmer und …
ohne ein unfassbares Arschloch zu sein.«

Ohne mir dessen bewusst zu sein, drehe ich mich um. Ich weiß nicht genau, wo er ist, aber ich spreche jetzt nur noch zu ihm und … von ihm.

»Einen Mann, der mir nur so sehr wehtut, wie ich es gerade wirklich geil finde«, wispere ich heiser. »Der mich erniedrigt, ohne mich dabei oder danach zu verachten. Der es genießt, mich auf meinen Platz zu zwingen. Der will, dass ich mich dabei gegen ihn wehre, sodass er härter zupacken kann.«

Tief einatmend lasse ich die Schatten los, die in meinem Rücken immer kleiner geworden sind. Die Dämonen, an denen ich mich festgehalten habe, weil ich voll und ganz überzeugt war, dass es im Grunde nur mein Fehler ist. Dass es an mir liegt und an niemandem sonst. Die Schatten, die ich bei mir gehalten habe, weil ich ohne sie völlig allein gewesen wäre.

»Ich … ich bin fertig damit, mich wertlos zu fühlen, weil es keinen zu geben scheint, der mich will, wie ich … bin«, stelle ich fest. »Du bist kein Einhorn. Ich weiß jetzt, dass es möglich ist, und ich bin fertig mit Schlappschwänzen wie dem.« Ich deute mit dem Daumen über meine Schulter. »Ich … weiß nicht, ob du mich haben willst. Ich kann es nicht von dir verlangen. Ich will es mir nicht einmal wünschen, denn … ich bin … keine gute Partie.«

Tränen laufen mir übers Gesicht, während ich wirklich mein Herz ausschütte und keinen Furz darauf gebe, wer außer Mike noch zuhört. Ich *muss* es tun! Ich muss ihm begreiflich machen, dass er mich gerettet hat, selbst wenn er auf seine Vernunft und mich hört und die Finger von mir lässt.

»Dank dir weiß ich jetzt, dass es kein Hirngespinst ist. Du gibst mir Hoffnung, selbst wenn du nicht …«

Die Hand an meiner Schulter, die mich herumreißt, unterbricht meinen Redefluss und erschreckt mich gehörig. Als ich in die wütende Grimasse von Eric starre, bin ich für einen Augenblick verblüfft, ihn zu sehen. Ich hatte ihn praktisch vergessen.

»Was soll das für eine Scheißnummer sein, die du hier abziehst?«, kreischt er mir ins Gesicht. »Denkst du, deine Lebensgeschichte interessiert hier wen? Du bist eine billige Schlampe! Ich werde dich wie eine behandeln. Wenn du nicht freiwillig mitmachst, dann eben ...«

Weiter kommt er nicht, bevor ich eine rasche Bewegung sehe, die an mir vorbeischießt. Mit einem dumpfen, seltsam nass klatschenden und zugleich trocken knirschenden Laut trifft etwas auf und Erics Hand verschwindet von meiner Schulter.

Ich blinzele und erfasse Mike, der bereits an mir vorbei ist. Sein Körper folgt seiner Faust, die dem Möchtegern-Erpresser knallhart eine verpasst hat. Noch einmal schlägt er sehr genau und hart zu, bevor er dem nun Liegenden sein Knie in den Rücken drückt und - seine Schmerzensschreie ignorierend - Handschellen anlegt.

Fuck! So schnell bin ich wieder total spitz auf ihn. Meine Tränen sind noch nicht versiegt, aber ich hoffe schon wieder, dass er mich wenigstens noch einmal ficken wird ...

ACHTZEHNTES KAPITEL

Kitty

»Bist du okay?«

Es sind die ersten Worte, die seinen Mund verlassen. Kaum ist Eric gefesselt, ist Mike auch schon bei mir und irgendwie finde ich mich in seiner Umarmung wieder, während ich mich an ihn klammere. Ich vermute, mein hektisches Nicken ist nicht ganz überzeugend, weil ich schon wieder wie ein Baby heule.

»Hat er dir wehgetan?«, grollt mein … Retter und sein Gesicht verzieht sich zu einer wütenden Grimasse. »Wenn er dir wehgetan hat …«

»N-nein«, ringe ich mir ab. »Alles okay. I-ich … bin nur so froh, dass du bei mir bist.«

Er stutzt, während ich innerlich aufstöhne. Ehrlichkeit? Echt jetzt? Kann es noch peinlicher werden?

»Gut, dann …«

»Ein Hilfssheriff!?«, japst in dem Moment der auf dem Boden liegende Vollidiot. »Du schleppst einen beschissenen Hillbilly-Bullen hier mit an? Fickst du den, damit …«

Mir bleibt ein wenig die Spucke weg, als Mike ihn mit einem Tritt in den Bauch zum Verstummen bringt. Knallhart und erbarmungslos. Eric krümmt sich und stöhnt vor Schmerzen, nachdem er laut aufgeschrien hat. Meine Pussy zuckt.

»Komm mit«, fordert mein Deputy und ergreift meine Hand.

Ich bin ein wenig verwundert, dass er mich ins Haus führt. Sich umsehend sucht er sich seinen Weg. Durch ein aufgeräumtes Esszimmer und einen halbwegs ordentlichen Wohnraum gelangen wir in ein weiteres Zimmer, das aussieht wie … Scheiße.

Das ist der Raum eines Typen, der sich völlig gehenlässt. Ein Computer mit mehreren Bildschirmen dominiert einen Schreibtisch, der einmal edel gewesen sein könnte. Jetzt lässt sich das vor lauter Müll darum herum nicht mehr so genau sagen.

Alles außer dem Bereich für Tastatur und Maus ist verdreckt. Es sieht aus, als wären über Monate oder vielleicht Jahre Chipskrümel in verschütteten Energiedrinks gelandet, bis sich eine Patina gebildet hat, die einfach nur widerlich ist. Die zerknäulten Taschentücher überall auf dem Boden haben ganz sicher nicht zum Aufwischen gedient. Ich kann mir sehr gut denken, wodurch sie verklebt sind.

»Kleiner Wichser«, murmelt Mike und starrt auf die Monitore.

Ich folge seinem Blick. Mehrere Kameraperspektiven zeigen vor allem den Bereich vor dem Haus. Aber auch der Wohnraum und ein leidlich ordentliches Schlafzimmer sind zu sehen. Mir geht auf, dass der Zustand dieser Räume mit dem Date zu tun hat, das ich platzen ließ.

Fuck, wenn ich nicht abgebrochen hätte, kaum dass ich ihn zu Gesicht bekam und wir die ersten Sätze von Angesicht zu Angesicht gewechselt hatten, wäre ich in diesem Bett gelandet.

Oder auf dem Boden vor der Couch oder dem Fernsehsessel. Ohne zu ahnen, was für ein widerlicher Dreckspatz der Mann ist, dessen Schwanz ich beinahe gelutscht hätte. Bäh!

»Bleib da stehen«, meint mein strahlender Held.

Es ist unnötig. Ich würde nur unter Zwang weiter in den Raum treten, denn ich habe keine Schuhe an und der Boden … Es wundert mich, dass ich in all dem Unrat keine Bewegungen sehe. Ich will lieber nicht darüber nachdenken!

Stattdessen sehe ich zu, wie Mike die Schneise im Müll nimmt, um zum Computer zu kommen. Dort verschafft er sich einen Überblick und schließlich macht er ein zufriedenes Geräusch. »Nur ein automatisches Online-Back-up, an das ich rankomme. Kein Hacker, der Scheißhaufen.«

»Hm?«, mache ich ein wenig ratlos, denn ich weiß gar nicht wirklich, um was es geht.

»Der Videofeed«, erklärt er mir. »Ich kann alle Aufzeichnungen aus der Cloud löschen und die Festplatte nehmen wir mit. Es gibt keine weiteren Geräte im Netzwerk, außer seinem Handy, das ich mir auch noch vornehme. Ich bin mir sicher, dass ich alle Hinweise auf dich restlos entfernen kann. Damit bleibt dem Scheißer nichts, womit er dir drohen kann. Selbst wenn du nicht wirklich Elaine Woodworth und keine Angst vor einem Skandal haben musst …?«

»Mein ganzes Leben ist ein Skandal«, winke ich ab. »Und … dann?«

»Dann erkläre ich ihm, was auf ihn zukommt, wenn ich jemals noch mal seinen Namen höre oder seine dreckige Visage sehe«, knurrt er so hart, dass ich wohlig erschauere. »Macht der Pisser auch nur einen Mucks, wandert er für den Rest seines Lebens in den Bau.«

»So lange?«, keuche ich.

»Drogenbesitz, Kinderpornografie ... Das zieht verdammt harte Strafen nach sich.«

»K-kinder!? S-sowas hat er ...?«, japse ich schockiert.

»Wenn ich noch mal herkommen muss, weil er zu dumm ist, eine Warnung zu verstehen, dann werde ich so was auf seinem Rechner finden.«

»Oh«, mache ich. Dann verstehe ich es endlich. »Ohh!«

Im nächsten Moment läuft es mir eiskalt den Rücken hinunter. Ich studiere die festentschlossene Miene meines Retters und fühle die Wärme, die sein Verhalten mir bringt. Aber mein Herz spürt einen kalten Stich, denn ... so etwas hat er ganz sicher noch nie getan. Und wenn ich nicht wäre, würde er das auch nie.

Er spricht von falschen Anschuldigungen. Er würde die gesamte Zukunft von Eric zerstören und ihn für immer ins Gefängnis bringen. Für ... mich! Ein Leben zerstören, um mir Frieden zu verschaffen. Vor einem dummen, kleinen Hosenscheißer, der kaum die Eier hat, jemandem ernstlich zu schaden. Ein Waschlappen, der ... kein halb so schlimmer Mensch ist wie ... ich!

»Komm«, brummt Mike und ergreift wieder meine Hand.

Wie betäubt folge ich ihm zurück nach draußen. Wie in Trance stehe ich dann daneben, als er dem immer mehr wimmernden Häufchen Elend ausbreitet, was ihm droht, wenn er nicht pariert. Bis ... Eric anfängt, mir leidzutun, denn im Grunde hat er kaum etwas getan, was ich ihm nicht vorher durch meine geteilten Fantasien eingeflüstert hätte.

Noch immer wie betäubt sitze ich irgendwann wieder auf dem Beifahrersitz des Polizeiwagens. Wie ich hierher gelangt bin, weiß ich nicht so genau. Meine Gedanken rasen zu sehr und der Grund treibt meinen Puls in die Höhe.

Ich bemerke, dass Mike ebenfalls im Wagen sitzt und mich ansieht. Aus dem Augenwinkel kann ich seine Fürsorge und Wärme erkennen. Wie ein eisiges Messer bohrt sich die Erkenntnis in meine Eingeweide: Ich bin Gift für ihn.

»Du wirkst ziemlich mitgenommen«, höre ich ihn sagen.

Seine Hand legt sich auf den Oberschenkel meines Beins. Wärme will sich von dort ausbreiten. Ich schlucke und … schiebe sie weg.

»Alles gut«, ringe ich mir irgendwie ab.

Es klingt nicht glaubwürdig. Es hört sich eher so an, als hätte ich mit Rasierklingen gegurgelt.

»Bist du sicher?«, brummt er. »Hör mal, wegen dem, was du da gesagt hast …«

»Vergiss es einfach«, ächze ich.

»Ich will das aber nicht vergessen. Ich will …«

»Ich habe das nur gesagt, um Eric zu verletzen«, zische ich.

Ja. Wut. ›Stoß ihn weg‹, wispert es in meinem Hinterkopf. ›Sonst zerstörst du ihn, denn du bist durch und durch böse.‹

Ich muss zustimmen. Selbst wenn ich nicht so schlecht und nichtsnutzig bin, wie ich insgeheim immer geglaubt habe, verleite ich diesen wunderbaren Menschen doch zum … Bösen. Ich muss ihn vor mir schützen, sonst …

»Das ist nicht wahr«, stellt er ernst fest.

»Wahr ist, dass ich von dir jetzt habe, was ich brauche. Ich bin diese Flachpfeife los und jetzt will ich … zu meinem Auto. Wärst du so freundlich, *Deputy?*«

»Und was soll das jetzt?«, brummt er. »Soll ich dir das jetzt abkaufen?«

»Was?«, fauche ich und reiße den Kopf herum. Selbsthass ist ein ausreichender Ersatz für Wut in meinen Augen, hoffe ich. »Dachtest du wirklich, ich bin dir verfallen? Hast du nicht zugehört? Du bist ein guter Fick, Mike Olson. Aber mehr auch nicht. In meinem Leben ist kein Platz für einen guten … einen netten Kerl.«

»Weil du so eine eiskalte Mistschlampe bist?«, hakt er nach und starrt mir viel zu durchdringend in die Augen.

»Ganz genau«, schnappe ich und drehe den Kopf nach vorn. »Und jetzt fahr.«

Er seufzt und ich höre die Enttäuschung darin nur zu deutlich. Ich will heulen, aber ich weiß, dass ich das Richtige tue. Ich kann nicht zulassen, dass dieser Mann sich von mir zum Bösen verführen lässt. Das wäre … *falsch*!

Er fährt los und bleibt still. Ich kann aus dem Augenwinkel seine Anspannung sehen. Seine Stirn ist gerunzelt, sein Kiefer hart. Gut! Wenn er wütend auf mich ist, denkt er hoffentlich nicht zu genau darüber nach, was für einen Scheiß ich da labere. Wenn ich erst von ihm weg bin, dann … vergisst er mich bestimmt ganz schnell, denn …

Ich schnappe nach Luft und muss mich nach vorne abstützen, als er plötzlich hart in die Eisen geht und den Wagen zum Stehen bringt. »Was …!?«

Er reißt die Fahrertür auf und steigt aus. Mein Herz blutet, weil ich ihm wehtue. Aber es ist besser so. Soll er sich nur weiter in seinen Zorn reinsteigern. Wenn er dann einen Streit mit mir anfängt, hilft das nur dabei, ihm die Stirn zu bieten. Besser er hasst mich, als …

Die Beifahrertür wird aufgerissen und bevor ich auch nur einen Laut machen kann, zerrt er mich schon am Arm aus dem Auto. Will er mich einfach hier am Straßenrand stehen lassen?

Fuck, das tut ... Nein, das ist ... *gut*! Besser als alles andere. Die beste Lösung.

Nur ... dass es nicht das ist, was passiert ...

Ich stolpere unbeholfen hinter ihm her, bis er an einem Felsbrocken stehen bleibt. Wir sind mitten im Nirgendwo und es ist sternklare, mondlose Nacht. Mich fröstelt, aber das hat nichts mit der Temperatur zu tun. Es kommt von innen.

Als ich von den Sternen wieder zu ihm blicke, starrt er mich finster an. Ich versuche, eine sture, abweisende Miene aufzusetzen, aber ich kann seinem Blick nicht begegnen. Er würde mich durchschauen, selbst wenn er meine Augen kaum erkennen kann.

»Was bist du?«, fragt er scharf.

Was ich bin? Ich blinzele und bin kurz so verblüfft, dass ich zu ihm sehe. Dann schaue ich schnell wieder weg, denn sonst zerreißt es mich innerlich.

»Eine Hure«, ringe ich mir ab. »Zu teuer für ...«

Statt des beleidigenden ›dich‹, das ich ihm entgegenschleudern wollte, entkommt meinem Mund ein erschrockener Aufschrei, als er sich blitzschnell setzt und mich zu sich reißt. Ich lande über seinen Oberschenkeln und verliere fast die Orientierung. Der heftige Schlag mit der flachen Hand auf meinen blanken Arsch kommt so urplötzlich, dass ich gellend kreische.

»Was bist du?«, grollt er.

Ich versuche, mich ihm strampelnd zu entwinden. Mein Hintern brennt wie Feuer, aber noch schlimmer war das Aufflackern von Lust und noch viel erschreckenderen Regungen in meinem Inneren. Ich muss ganz schnell weg von ihm, aber ... er ist zu stark!

»Was bist du?«, wiederholt er und der Schlag, mit dem ich hätte rechnen können, weil ich keine Antwort gegeben habe, trifft im gleichen Moment meinen Po.

»Ein Miststück!«, presse ich hervor.

Klatsch! Noch ein Schlag mit voller Kraft, den ich nur mit einem Aufschrei beantworten kann.

»Ich bin eine miese Drecksschlampe!«, platzt es aus mir heraus.

Klatsch! Gott, tut das weh … gut … weh!

»Ich verdiene es nicht anders!«, wimmere ich, ohne noch irgendeine Kontrolle über meinen Wortfluss zu haben. »Es ist immer meine Schuld. Wenn einer gut ist, tue ich ihm weh. Und die anderen … reize ich auch so weit, bis sie mir wehtun, wie ich es … verdiene!«

Klatsch! Fuck!

»Ich bin schlecht!«

Klatsch!

»Ich bin nichts wert!«

Klatsch!

»Abschaum …«

Klatsch!

»Menschlicher … Müll …«

Klatsch.

»Ich … war immer … allein …«

Das Streicheln über meinen glühenden Po lässt mich nach Luft ringen. Es tut noch mehr weh als die Schläge, die ich … verdient habe?

»Ich verdiene es nicht geliebt zu werden …«, schluchze ich.

Klatsch! Gott!

»H-hör auf, bitte! Ich … ich kann nicht …«

Wieder ein Streicheln. Fuck!

»Mike, bitte! Ich bin es nicht wert …«

Klatsch!

Ich schreie auf. Nicht wegen dem Schlag, sondern weil er mich in die Ecke drängt. Ich will das nicht sagen oder fühlen. Ich kann die Schwäche nicht zulassen. Ich muss … muss …

»Lass mich! Ich lasse nicht zu, dass ich dich kaputtmache!«

Klatsch!

»*Argh*! **Lass**! **Mich**!«

Klatsch!

»Bitte … nicht …«

Streichelnd setzt er alles in Brand, was schon so unerträglich glüht.

»Was bist du?«

»Ich habe Angst …«, wispere ich.

Sein Streicheln macht es nur noch schlimmer.

»I-ich … bin doch selbst schuld«, winsele ich dann und ein Damm, von dem ich gar nicht wusste, dass er existiert, zerbricht. »Ich habe es doch immer drauf angelegt. Schon in der Schule. Sie hatten doch recht, dass ich mich nicht anstellen brauche. Wenn ich mit jedem einzeln schlafe, kann ich sie auch alle zusammen bedienen. Was ist schon dabei?«

Kein Schlag, kein Streicheln, nur tiefes Atmen.

»Ich … bin doch eine billige Schlampe?«, sage ich ganz leise.

Der Schlag ist nicht mehr als ein Klaps, aber die Wirkung ist die gleiche.

»Was bin ich denn dann?!«, wimmere ich.

»*Mein*!«, knurrt er.

Oh-*mein*-**Gott!!**

Neunzehntes Kapitel

Mike

Die weitaufgerissenen Augen, aus denen sie mich anstarrt, sind so voller Schmerz, dass es mir die Luft abschnürt. Ich musste einmal ein Reh nach einem Wildunfall erschießen und genau diesen Ausdruck sehe ich nun bei ihr. Schreckliche Angst und gewaltiger Schmerz.

Doch daneben ist noch etwas. Ein Funke von dem, was ich zuvor immer wieder in ihrem Blick entdecken konnte. Etwas, das ein Echo bei mir findet. Ein Gefühl, vor dem sie - glaube ich zu wissen - davonzulaufen versucht.

Sie wollte mich wegtreiben. Nicht nur mein Instinkt hat mir das zugeschrien. Nachdem ich mitangehört habe, was sie dem armseligen Erpresser an den Kopf geworfen hat, ist es mir begreiflich. Da ich einen winzigen Abklatsch desselben Gefühls selbst erlebt habe, kann ich es sogar nachvollziehen.

Auch wenn die Versuche meiner Ex-Frau, mir einzureden, meine Gelüste seien widernatürlich und ich sei nicht Manns genug, um ohne sie bestehen zu können, sich im Vergleich natürlich wie kindliche Sandkasten-Gemeinheiten ausnehmen. Wenn ich Kitty zuhöre, wird mir schwindelig von den vielen Beispielen offensichtlichen Missbrauchs aus ihrem Leben.

Umso erstaunlicher ist also das, was sie mir gezeigt hat. Deswegen kann ich sie auch nicht aufgeben. Dieser Funke in ihrem Blick ... Das ist Hoffnung. Und noch ein wenig mehr, hoffe *ich*.

Entschlossen ziehe ich sie hoch von meinem Schoß und sie schüttelt schwach den Kopf. Aber ihre Augen strafen ihre Geste Lügen. Ihre Augen flehen mich an ... das Wort zu beweisen, das meine Antwort war. Zu beweisen, dass sie *mein* ist.

Ich fasse an ihren Hintern, der von meinen Schlägen knallrot ist. Sie zuckt bei der Berührung und zittert vor Anspannung. Auf meinem Hosenbein, wo ihr Unterkörper lag, ist ein großer, nasser Fleck. Schläge entlocken ihrem Körper eine heftige Reaktion, aber bis gerade ging es nicht darum, sie zu erregen.

Das ändert sich schlagartig, als ich das Ende ihres Plugs fasse und ihr mit einem kleinen Ruck klarmache, was ich da tue. Ihre Augen weiten sich noch einmal mehr, obwohl sie schon riesig sind. Lust blitzt darin auf, wo vorher nur tiefe Gefühle waren, die auch nicht verschwinden.

Ihre Lippen teilen sich und fast scheint es, als wolle sie sich gegen die Erregung wehren, die ich auslöse, weil ich genau weiß, wie ich das anstellen muss.

»Willst du etwas zu Protokoll geben?«, grolle ich und funkele sie warnend an.

Das durchzuckt sie hart und sie presst ihren Nacken in meine Hand, die dorthin findet, um sie zu packen. Ihre Lider fallen für einen Moment zu, bevor sie sich bis zur Hälfte wieder öffnen.

»Aus mir kriegst du nichts mehr raus, Officer«, haucht sie und ihre Mundwinkel zucken.

»Werden wir ja sehen«, knurre ich und stehe von meinem Platz auf, nur um sie zu dem Stein hinunter und mit dem Oberkörper darauf zu drücken.

Zischend quittiert sie den kalten, rauen Fels an ihrer Brust und will sich gegen meinen Griff aufbäumen. Umso fester drücke ich sie wieder hinab, sodass sie sich wirklich in die Gegenwehr hineinstemmen kann.

»Das ist Polizeigewalt!«, faucht sie.

»Warts nur ab, das ist erst der Anfang«, versetze ich. »Verbrecherinnen von deinem Kaliber verdienen eine Sonderbehandlung. Zum Glück bist du genau an den richtigen Deputy geraten. Ich werde dir zeigen, wo dein Platz ist.«

»Fuck!«, keucht sie und schüttelt sich. »Oh Gott, fuck …«

»Das ist ein anständiges County«, ermahne ich genießerisch, denn dieser Ausruf war pure Lust. »Hier wird nicht geflucht oder der Name Gottes missbraucht.« Dabei packe ich den Plug fester und ziehe daran.

»Ohh … Shit!«, wimmert sie und ihr Rücken biegt sich hart durch.

Loslassend klatsche ich die Hand fest auf ihren noch immer glutroten Arsch. Von einem Moment auf den anderen wechselt sie von Aufbäumen zu einem aussichtslosen Versuch, einem erneuten Schlag zu entgehen. Stattdessen packe ich wieder den Plug und ziehe, sodass sie dem nachzugeben gezwungen ist.

»Heilige Scheiße …«, winselt sie.

Wieder ein Schlag und ein Griff zum Plug, doch statt daran zu ziehen, lasse ich sofort wieder los und bringe sie mit einem überraschenden Nachschlag auf die zweite Hinterbacke zum Schreien.

Ich kannte nie eine Frau, mit der ich so etwas hätte tun können. Kitty kommt frisch aus einer höchst emotionalen

Ausnahmesituation und jetzt foltere ich sie buchstäblich, indem ich sie zwischen Schmerz und Lustschmerz hin und herjage. Es widerspricht jeder Logik, aber ich fühle einfach, dass es das Richtige ist.

Sie hat Angst vor dem nächsten Schlag, aber sie sehnt ihn auch herbei. Sie hat Angst davor, dass ich den Plug rausziehe, fürchtet aber auch, dass ich es nicht tue. Die Lust läuft ihr an den Schenkeln hinab, aber das ist es nicht, worauf ich mich verlasse. Ich beobachte ihren Körper ganz genau und höre auf ihre Stimme. Ich … *kenne* diese Frau und ihren Körper.

»Sag, dass du es verdienst, so behandelt zu werden«, fordere ich in meinem gemeinsten Tonfall und drücke sie kurz brutal gegen den Stein.

»Nein!«, faucht sie. »Du Schwein! Ich …«

»Du?«, höhne ich. »Was denn?«

»Ich will …«, japst sie und ringt sichtlich mit sich.

»Warte, ich helfe dir, es auszuspucken.«

Sofort spannt sie sich in Erwartung eines Schlags an. Bevor sie begreift, das keiner kommen wird, habe ich schon meine Hose geöffnet und meinen Schwanz befreit. Doch während ich mich hinter sie stelle, treffe ich eine weitere Entscheidung und ziehe schnell, aber vorsichtig den Plug aus ihrem Hintereingang.

»Gott …!«, schluchzt sie und erschauert heftig. »Nein …«

»Ist das nicht, was du willst?«, raune ich ihr zu und stelle jede Grobheit sofort ein, auch wenn ich meine Stimme weiter schneidend halte. »Willst du nicht *meine* Schlampe sein?«

»Doch!«, wimmert sie. »Ich will deine Schlampe sein. Dein Fickstück, deine Hure! Ich will dich überall spüren! Aber …«

»Und ich will dich in jedes Loch ficken«, unterbreche ich sie und streife kurz mit meiner Eichel durch die Quelle ihrer reichlichen Nässe, bevor ich sie an ihrem Anus ansetze. Ich fühle ihn noch zucken von dem kürzlichen Verlust des Plugs. Einzudringen ist unglaublich leicht und es fühlt sich …

»*Fuuuck* …«, winselt sie.

»*Shit!*«, stöhne ich.

Verdammte Scheiße, es fühlt sich unglaublich an!

»Du bist wirklich überall einfach perfekt«, keuche ich und starre fassungslos dorthin, wo ich in einer Bewegung bis zum Anschlag in ihrem Hintern verschwunden bin. Sofort dreht sie den Kopf, um mich anzusehen.

Ich weiß nicht, was ich erwarte. Jedenfalls nicht den staunenden, hingebungsvollen Blick, den sie mir zuwirft. Da ist kein Platz mehr für Selbsthass oder Wut. Nur die Gier danach, sich mit eigenen Augen zu vergewissern, dass ich meine, was ich sage. Und - bei Gott - das tue ich!

»Ich will dich!«, sage ich laut und deutlich. »Es ist mir egal, worauf ich mich einlasse. Ich will dich mit allem, was dranhängt. Wenn es sein muss, kämpfe ich darum.«

»Hast du schon«, wispert sie. »Jetzt musst du dir nur noch nehmen, was dir gehört. Wann immer du willst. Wie immer du willst. Sooft du willst und … so hart du willst. Bitte, so hart und heftig du willst und kannst.«

»Du hast den ›Officer‹ vergessen«, brumme ich und versuche, nicht zu stöhnen, weil ihr Hintereingang um meinen Schwanz zu pulsieren scheint.

»Officer?«, wundert sie sich.

»Deputy!«, schnauze ich und stoße zu.

»Fuck!«, schreit sie auf und presst sich mir entgegen.

Und damit hört sie nicht mehr auf. Nicht, als ihr die Kehle zum Schreien zu rau wird und nicht, als ihr die Luft ausgeht. Nicht, als sie von meinen Rammstößen in ihren Hintern kommt und uns wieder einmal beide nass spritzt. Nicht, als ich mich laut stöhnend in ihrem Arsch verströme.

Sie hört nicht mehr auf, sich an mich zu pressen, selbst als wir erschöpft zusammensacken. Ich kann nur hoffen, dass es immer so bleiben wird, denn … ich höre auch nicht mehr auf, sie festzuhalten.

Sie gehört mir. Ich zahle jeden Preis. Ich tue, was auch immer nötig ist. Ich habe meine Traumfrau gefunden und die gebe ich nicht mehr her!

EPILOG

Kitty

Äußerlich bin ich ein Musterbild kühler Ruhe und Gelassenheit, während ich im Diner des Kaffs sitze, in dem sich mein Leben um hundertachtzig Grad gedreht hat. Innerlich sieht das anders aus. Da fühle ich ... seinen Puls. Und er ist ziemlich nervös.

Trotzdem hat es die gleiche, beruhigende Wirkung auf mich, wie immer. Ich habe schnell begriffen, dass ›Klammern‹ nicht einmal ansatzweise stark genug ist, um mein Bedürfnis zu beschreiben, ständig in seiner Nähe zu sein. Ohne ihn bekomme ich Atemnot und das ist durchaus manchmal ein wenig hinderlich, selbst wenn er nur zu gern jede freie Sekunde mit mir verbringt.

Die Lösung war nicht leicht zu finden, aber sie ist perfekt. Die fernbedienbaren Hightech-Spielzeuge in meiner Pussy und meinem Hintern sind mit einem Pulsmonitor-Armband an seinem Handgelenk gekoppelt. Und gerade jetzt ist sein Herzschlag schnell genug, dass ich leicht alles um mich herum vergessen könnte, wenn ich mich nur mit geschlossenen Augen zurücklehnen würde.

Dass ich genau das jetzt *nicht* tun kann, ist wunderbar frustrierend. Es macht mich launisch. Wäre er bei mir, würde ich ihn reizen, bis er mich in eine Gasse, einen Toilettenraum oder sonst wohin zerrt und mir zeigt, wo mein Platz ist - nämlich mit einem Teil meines Körpers seinen Schwanz umschließend. Aber er kann jetzt gerade nicht bei mir sein. Nicht, wenn das hier funktionieren soll. Also wird eine andere Person meine Zickigkeit abbekommen. Und darauf ... freue ich mich diebisch!

Sie lässt nicht lange auf sich warten. Überpünktlich, immerhin. Sie hat keine Ahnung, wer ich bin. Und was sie hertreibt, versetzt sie in erkennbare Aufregung.

»Hi, Sie müssen Miss Taylor sein«, zwitschert sie fröhlich und streckt mir die Hand entgegen.

»Was hat mich verraten?«, erkundige ich mich und ergreife das Angebot gnädig. »Der Mangel an Dorfstaub oder dass ich ein anderes Parfüm trage als Achsel-S?«

Die blondierte Schminkpaletten-Werbetafel kichert artig, kann aber nicht vollständig verbergen, dass sie die Beleidigung ihrer Heimatstadt nicht sehr erbaulich findet. Gut!

»Und es ist Misses Taylor, bitte«, setze ich noch obendrauf. »Jedenfalls für ein Weilchen noch.«

Während mein Gegenüber geflissentlich den Ring an meiner Hand betrachtet, die ich ›beiläufig‹ hochhalte, wie es sich gehört, sehe ich weg, als würde mich das nicht die Spur interessieren. Es ist ganz genau das, was sie von einer Großstadt-Schickse erwartet, also biete ich ihr die Show. Es gibt mir die Gelegenheit, dem leicht anschwellenden Pochen in meinem Unterleib nachzuspüren, das mich erdet und gleichzeitig spitz macht.

»Wow«, macht das Landei, dessen Schönheit aus nächster Nähe wirklich nur noch auf Gerüchten basiert. »Wer ist denn der Glückliche?«

»Ein Bild von einem Mann, natürlich«, meine ich abwinkend. »Absoluter Prachtkerl. Ein Monster im Bett und extrem vorzeigbar. Ich habe ihn gebraucht bekommen. Seine Ex war so dumm, ihn zu vertreiben. Mein Glück ...«

Die Anspielungen gehen an ihr vorbei, aber das ist zu erwarten. Sie blinzelt mich kuhäugig an und ich seufze innerlich. Den Gefallen, den ich hierfür einfordere, nutze ich wirklich aufs Äußerste aus. Ich werde mich danach verpflichtet fühlen, Wiedergutmachung zu leisten. Das ist es trotzdem wert.

»Aber wir sind nicht hier, um über mein umwerfendes Leben zu sprechen, nicht wahr, Miss Olson?«, schwenke ich um. »Wir sind hier, um über Ihre Zukunft zu verhandeln und Ihnen einen Ausweg aus ... dem hier zu eröffnen.«

Meine angewiderte Geste ist obligatorisch. Da es jetzt zur Sache geht, stört sich das Miststück auch nicht an der erneuten Beleidigung ihrer Heimat.

»Ich bin schon ganz aufgeregt«, verrät sie mir. »Wie ... ähm, wie schnell würde es denn nach der Unterzeichnung losgehen?«

»Schon nächste Woche. Hatte ich das nicht erwähnt?«, säusele ich weitgehend desinteressiert. »Das ... ist doch kein Problem, oder?«, greife ich dann ihren erschrockenen Gesichtsausdruck auf. »Ich meine, das ist eine ziemlich einmalige Chance, von der wir hier reden ...«

»Ja, äh ... Nein, kein Problem!«

Ich lege den Kopf schräg und mustere sie demonstrativ misstrauisch. »Chastity ... Ich darf doch Chastity sagen, nicht wahr?« Sie nickt. »Gut, ich bin Kitty. Und ich will absolute Offenheit, denn wenn es irgendwelche Probleme gibt, die auf meine Agentur zurückfallen, dann ist mein guter Ruf mit in Gefahr.«

Ich werde ihr nicht sagen, dass ich zwar tatsächlich eine Agentur betreibe und auch eine Menge Modeling-Verträge vermittele, aber meine Klientinnen ausschließlich aus der Erotik-Branche und der Sexarbeit kommen und normalerweise einen Ausweg aus dem Schmutz suchen. Sie muss nur wissen, was unbedingt erforderlich ist. Wir wollen sie schließlich nicht verschrecken.

»Nun …«, murmelt sie und fühlt sich sichtlich unwohl in ihrer Haut. »Sehen Sie, ähm, Kitty, ich … habe einen Sohn, und … er kommt in die Vorschule und eigentlich …«

»Für so einen Firlefanz haben wir keine Zeit, Chas. Ich darf doch Chas sagen, nicht wahr? Chastity klingt so lächerlich, dass ich es kaum aussprechen mag …« Ich warte ihr zögerlich-pikiertes Nicken gar nicht erst ab, sondern fahre fort: »Chas, wir reden hier von einer einzigartigen Chance. Es ist eine Position in zweiter Reihe, aber ich habe Dutzende Mädchen, die für diese Chance töten würden. Außerdem gibt es eine feste Bezahlung für eine Reihe von Hilfstätigkeiten bei diesem Vertrag. Das ist sozusagen der Heilige Gral der Modelverträge. Du kommst mit einem Schritt mitten ins Business, hilfst ein wenig in der Maske und bei den Kostümen aus und wirst praktisch todsicher einspringen müssen, um auf den Laufsteg zu gehen.«

»I-ich weiß. Ich verstehe das ja. Ich …«

»Ehrlich, wenn der Designer genau deinen Typ wollte, wärst du mit deiner ziemlich mickrigen Erfahrung noch sehr lange in der Kartei liegen geblieben. Immerhin … bist du nicht mehr die Jüngste, nicht wahr. Also … es fällt mir schwer, zu begreifen, warum ich so ein Zögern in deinen Antworten höre. Willst du den Job oder willst du ihn nicht?«

»Natürlich will ich!«, schnappt sie.

»Dann ruf den Vater des Blags an oder finde jemanden, den du ficken kannst, dass er es dir fürs nächste, halbe Jahr abnimmt. Hopp-hopp!«

»Halbes Jahr!?«, japst sie.

»Ja, was dachtest du, was eine ganze Tour bedeutet? Zwei Wochen?«, stöhne ich und verdrehe die Augen.

»Oh Gott, das …« Sie denkt fieberhaft nach. »Äh, ich gehe mal kurz tele…«

»Cee - ich darf doch Cee sagen, ja? - dafür haben wir keine Zeit. Hat das Kind einen Vater?«

Sie nickt.

»Ist der erreichbar und hat genug Kohle, dass es ihm nicht verhungert oder so? Oder hast du dich von einem Junkie oder einem Säufer anbumsen lassen?«

»Er ist Polizist!«, entrüstet sie sich. »Oder … na ja, war er. Er ist vor kurzem …«

»Interessiert mich das? Wenn er kein gewalttätiger Irrer oder Penner ist, ruf ihn an. Jetzt. Hopp-hopp!«

Es ist der erste, entscheidende Moment und ich beobachte sie sehr genau. Aber ich muss mir keine Sorgen machen. Die Gier nach dem Ruhm eines Laufsteg-Models hat jede Vernunft im Kopf dieser Planschkuh völlig fortgewischt. Sie zögert keine zwei Sekunden, dann hebt sie ihr Handy ans Ohr.

Ich gebe mich betont gelangweilt und desinteressiert, während sie wartet, dass eine Verbindung aufgebaut wird. Ihre Versuche, Blickkontakt aufzunehmen und sich Ermutigung zu holen, verlaufen völlig im Sand.

»Äh, ja, hi … Mike«, sagt sie schließlich, kaum dass in meinem Unterleib das Pochen auf doppelte Geschwindigkeit zugelegt hat. Vermutlich, weil sein Handy losklingelte. »Ja, es …

geht um Brian. Nein, alles in Ordnung mit ihm, aber … ich brauche deine Hilfe. Du musst ihn für eine Weile zu dir nehmen. Es ist wirklich, wirklich wichtig.«

Ich höre sehr aufmerksam dabei zu, wie der Mann, der mir tatsächlich meinen völlig echten Verlobungsring angesteckt hat, seine Ex an der Nase herumführt. Seine Stimme kann ich nur ein oder zwei Mal wirklich vernehmen, aber ich erfasse sehr genau, wie er der Mutter seines Sohnes genau den Kampf liefert, den sie erwartet.

»Bist du es nicht sonst immer, der sich lauthals beschwert, weil du deinen Sohn kaum zu Gesicht bekommst?«, faucht Chastity schließlich genervt. »Was ja auch nicht leichter geworden ist, weil du es für nötig gehalten hast, wegzuziehen. Nun, jetzt hast du die Chance, deine Vaterqualitäten endlich unter Beweis zu stellen. Also was nun? Wirst du deinen Mann stehen oder wieder einmal kneifen?«

Gott, dafür könnte ich ihr so eine ziehen. Ihr die Stuckschicht im Gesicht so richtig zerschmettern und darunter vermutlich eine Schlange freilegen. Miststück!

»Ich unterschreibe dir schon alle nötigen Vollmachten«, stöhnt sie dann mit rollenden Augen. »Du wirst mich nicht oft erreichen können, fürchte ich. Und ich werde auch keine Zeit haben, wegen jeder Kleinigkeit einen Aufriss zu machen. Aber was ich tue, geht dich einen Dreck an. Es reicht, dass ich dir unser Kind anvertraue. Sei dankbar.«

Und das ist er. Ich weiß es und ich fühle es. Sein Puls rast, als das Gespräch endet. Es war erschreckend einfach, seine Ex-Frau dazu zu bringen, ihr Kind abzutreten. Vorübergehend. Für den Anfang … Es lässt tief blicken, wie wenig man ihr dafür bieten musste.

Wie vereinbart bekomme ich eine Nachricht auf mein Handy, kaum dass er nicht mehr telefoniert. Es soll mir helfen, den Rest der Sache zu beschleunigen. Aber ich muss mich zusammenreißen, um nicht wie ein dümmliches Honigkuchenpferd zu grinsen, als ich sie lese.

›Ich liebe dich, du wunderbare Bitch!‹, steht da.

»Oh, wir müssen etwas schneller arbeiten. Hopp-hopp, ich habe noch Termine«, jammere ich. »Alles geklärt?«

»Ja, mein nichtsnutziger Ex-Mann nimmt das Kind. Ich könnte ihn zwar theoretisch auch zu mein…«

»Erwecke ich irgendwie den falschen Eindruck, das würde mich auch nur im Geringsten interessieren?«, fahre ich ihr dazwischen. »Hier ist der Vertrag. Bitte auf den letzten drei Seiten auf den entsprechenden Linien unterschreiben. Es ist die ganz aktuelle Version mit allen Einzelheiten darin.«

»Sollte ich … nicht erst …«, stammelt sie.

»Willst du für eine heiße, neue Marke auf den Laufsteg und mit Vollgas ins Business einsteigen oder nicht?«, fauche ich sie an.

Das genügt. Die zweite, entscheidende Hürde ist sogar noch schneller genommen, als die erste. Ich händige ihr eine von mir gezeichnete Kopie des Vertrags aus und nehme ihr Exemplar an mich.

»Ich schicke dir noch eine Mail mit allen weiteren Einzelheiten. Du bereitest dich besser vor, dein großes Abenteuer beginnt in wenigen Tagen. Und ich muss weiter. Dieses Dreckskaff ist wirklich schrecklich abgelegen und … müffelt …«

Mein Abgang ist glatt und ich kann mir lange genug das Grinsen verkneifen, um in meinem Wagen zu verschwinden. Die Blicke, die mir wegen meines Outfits zugeworfen werden, sind mir dabei scheißegal. Und dass der Opa auf der gegenüberliegenden Straßenseite fast das Gleichgewicht verliert, als er mir zwischen die beim Einsteigen gespreizten Schenkel sieht, wo nichts den Blick auf meine feuchte Spalte verstellt, geschieht ihm recht.

Ich fahre los und zum vereinbarten Treffpunkt. Ich weiß, dass Mike noch lange genug bleiben wird, um seine Ex auf dem Heimweg zu beschatten. Er macht sich reichlich Gedanken darüber, ob sie den Braten riecht und vielleicht doch noch das Kleingedruckte genauer liest. Ich weiß jedoch, dass seine Sorge unbegründet ist.

Ich habe das Miststück gut vorbereitet, bevor sie auch nur den ersten Vertragsentwurf zu Gesicht bekam. Sie ist nicht der Typ, sich in so einen komplizierten Rechtstext zu vertiefen und sie würde auch nichts finden, was sie nicht schon weiß. Sie *ist* immerhin *wirklich* eine Ersatzbesetzung für den Laufsteg. Natürlich nach Gutdünken des Designers.

Sie wird erst merken, dass ihr eigentlicher Job nichts weiter als ›Mädchen für alles‹ ist, wenn sie schon unterwegs ist. Und selbst dann wird sie auf ihre ›große Chance‹ warten, weil sie daran glauben *will*, dass es passiert. Außer mir, Mike und Pietro, dem momentan ziemlich angesagten Designer für die *MILF* - die ›fickbare‹ Mutter - von heute, weiß niemand, dass sie auf dem letzten Platz der Ersatz-Besetzungsliste geführt wird.

Ich wäre allerdings zu gern dabei, wenn sie begreift, dass ihre Model-›Kolleginnen‹ - also die echten Models - allesamt ältere, ehemalige Prostituierte, Pornodarstellerinnen und Camgirls sind. Wenn ich die prüde Kuh richtig einschätze, könnte ihr das einen Herzinfarkt verpassen.

Ich vertreibe mir die Wartezeit an unserem Treffpunkt - dem Stein, der mich an den ersten, grandiosen Orgasmus beim

Analsex erinnert, den ich je hatte - mit dieser Vorstellung. Nur kurz texte ich Pietro, dass er seine Handlangerin haben wird, wie besprochen. Seine Antwort fällt kurz und knapp aus. Er ahnt, dass sie nicht viel wert ist. Aber im Grunde schuldet er mir reichlich Gefallen, denn er hat alle seine guten Mädels von mir vermittelt bekommen. Und denen verdankt er zu einem Gutteil seinen Erfolg.

Als ich dann fühle, wie das Pochen in mir sich beschleunigt, steige ich aus und erwarte die Ankunft des Mannes, für den ich das alles tue. Und sein halb schuldbewusstes, halb begehrliches Grinsen, als er endlich ankommt, ist einfach jeden Preis wert.

»Sag mir noch mal, warum ich kein schlechtes Gewissen haben muss«, bittet er und legt die Arme um mich.

»Sie ist ein Miststück, das ziemlich gemein zu dir war. Sie hat vielleicht zehn Sekunden gezögert, ihren Sohn für Monate zurückzulassen, weil sie denkt, Model werden zu können. Und sie hat versucht, dir eine sexuelle Belästigung anzuhängen, weil du nur im Handtuch mit ihr geredet hast, als sie auf die Wache kam«, zähle ich auf. »Was natürlich absurd ist, denn da hast du die ganze Zeit nur mich sexuell belästigt.«

»In meiner Erinnerung warst du es, die ihren Mund nicht von meinem Schwanz lassen konnte«, brummt er.

»Ach ja …? Das klingt gar nicht nach mir …«

»Tut es nicht?«, knurrt er und fasst in meinen Nacken.

Fuck! Weiche Knie!

Umso mehr, als er mir - endlich! - mein Halsband wieder anlegt, sodass jeder an der Aufschrift erkennt, wem ich gehöre. So, wie das sein muss.

»Ich würde zu gerne ihr Gesicht sehen, wenn sie es schließlich kapiert hat«, gebe ich zu.

»Wirst du wohl«, meint er.

Ich ziehe nur die Augenbraue hoch, bevor ich die Augen ganz schnell schließen muss, weil er seine Hand auf meinen Po klatschen lässt und mich fest an sich drückt.

»Du hast dich mit mir verlobt«, grollt er. »Wenn wir verheiratet sind, wirst du Brians Stiefmutter sein. Irgendwann werdet ihr aufeinandertreffen und ich bin mir ziemlich sicher, dass sie dich erkennen dürfte.«

»Scheiße, du hast recht«, stöhne ich. »Gott, das wird ein Fest …«

»Du bist dir wirklich sicher?«, will er plötzlich ganz ernst wissen.

»Ob ich deine Frau werden will?«, japse ich erstaunt.

Nein … das ist es nicht.

»Oh, weil dein Sohn bei uns leben soll. Das meinst du …«

Er nickt.

»Nun …«

Er sieht mich erwartungsvoll an.

»Vielleicht bleibt es ja nicht das einzige Kind von dir, um das ich mich kümmern muss. Da sollte ich lieber früher mit dem Üben anfangen, als später …«

Oh Gott, habe ich das jetzt wirklich gesagt?!

Seinem Gesichtsausdruck nach fragt er sich dasselbe. Bevor ich es zurücknehmen kann, küsst er mich auf eine Weise, die mich alles vergessen lässt. Einschließlich meines Namens …

Wenn er so ist, dann weiß ich, wir schaffen alles. Das ist ein Gefühl, das ich in den letzten Monaten erst kennengelernt habe und nie mehr missen will. Wenn es ihn also glücklich macht, seinen Sohn bei sich zu haben, macht das auch mich glücklich.

Sehr glücklich.

ÜBER DIE AUTOREN

Kitty und Mike Stone sind ein Autoren-paar aus der Nähe von Marburg an der Lahn. Sie sind beide Mitte der Siebziger-jahre geboren und haben im August 2017 zusammengefunden, um im Februar 2018 bereits ihr erstes, gemeinsames Buch her-auszubringen. Trotzdem hat es dann doch allen Ernstes bis zum 11. September 2020 gedauert, bis Mike seine Kitty nicht nur unter ihrem gemeinsamen Autorennamen zu seiner Frau gemacht hat, sondern auch nach geltendem Recht.

Als Autoren sind sie vor allem im Bereich der Dark Romance unter-wegs, wo sie Romantik und Erotik erfolgreich mit Blicken auf die Schattenseiten der menschlichen Natur verbinden. Ausflüge in an-dere Settings als die Moderne - beispielsweise Historical, Fantasy o-der Paranormal - finden immer wieder gerne statt.

Privat leben sie mit einem Kind, einer Katze und einer gewaltigen Menge praktisch abgespaltener Persönlichkeitsteile, die sie "Prota-gonisten" nennen, zusammen. Bestätigten Gerüchten zufolge sollen sie nicht nur bei Facebook sehr aktiv sein, sondern sogar Videos über alle möglichen, thematischen Unanständigkeiten auf Youtube posten. Man munkelt sogar, dass sie eine Pinnwand besitzen, wo "Schlüppis" ihrer Fans wie Trophäen aufgehängt werden. Andere Verwerflichkeiten, von denen man hören könnte, sind bestimmt auch total wahr. So wie die Inhalte all ihrer Bücher natürlich zu 666 % auf wahren Geschehnissen und Tatsachen beruhen.

Ach, und Berufslügner nennen sie sich übrigens auch, weil sie ja "Autoren" seien ...

Kitty ist die etwas ältere und ohne Frage schönere Hälfte des Paares, die von ihrem Mann (der diesen ganzen Text übrigens auch schreibt) ziemlich vergöttert wird. Sie war schon vor dem Kennenlernen der beiden unter ihrem damaligen, bürgerlichen Namen Melanie Weber-Tilse als Romance-Autorin erfolgreich.

Ihre Stärken - neben ihrer Schönheit, ihrer erotischen Ausstrahlung, ihrer Intelligenz, ihrem Witz und so vielem mehr - sind vor allem ihre Sorgfalt, ihre Kreativität und ihre Zuverlässigkeit. Sie ist ein verdammt bodenständiger Mensch, aber in ihrer Fantasie ist sie schon sehr lange auch mal auf völlig abwegigem Territorium unterwegs. Als Autorin kann sie dem endlich Gestalt verleihen und tut das zwar bevorzugt mit Mike, aber nicht absolut ausschließlich.

Sie besitzt neben reinem Schreibtalent auch eine Menge weiterer Fähigkeiten, die für Schriftsteller sehr nützlich sind. Außerdem ist sie die Ordnung im kreativen Chaos des Hauses Stone und dafür wird sie zu Recht wie die Königin behandelt, die sie ja wohl auch ist.

(Wer widersprechen will, kann einen Termin mit Mike machen, sobald der eine narrensichere Methode erdacht hat, Überreste solcher Frevler spurlos verschwinden zu lassen.)

Mike wiederum ist ... nun, kreativ ist er auf jeden Fall. So sehr, dass er für jedes fertiggestellte Buch auf dem Weg zur Vollendung mindestens ein halbes Dutzend total geniale Ideen hatte, die er dann wegen seiner chaotischen Natur schon wieder vergessen hat, bis er sich dem zuwenden könnte.

Mike - das weiß der Autor dieser Zeilen aus narrensicherer Quelle - liebt seine Kitty wirklich sehr und ist extrem glücklich, mit ihr zusammen den Traum von der Schriftstellerei leben zu dürfen. Dafür stellt er sich auch unerschrocken solchen Kleinigkeiten, wie PMS oder kotzenden Katzen, die mal wieder am Ficus knabbern mussten, der eigentlich eine Dracaena Marginata ist (aber wen in aller Welt interessiert DAS?!)

Was Kitty an Mike eigentlich findet, ist der Wissenschaft noch ein Rätsel. Man nimmt an, es kann gelöst werden, sobald die Quadratur des Kreises gelingt. Kann also nur noch bis zum Sankt Nimmerleinstag dauern. Aber wer würde schon die Entscheidung einer Frau infrage stellen, die ihren Mann liebt? Der Autor dieser Zeilen jedenfalls nicht. Der ist ja nicht blöd. ;-)

Zusammen sind die Stones jedenfalls ein etwas ungewöhnliches Duo, das nicht nur zusammenlebt ODER zusammenschreibt, sondern beides tut. Und sie sind unanständig glücklich miteinander, trotz "fortgeschrittenen Alter" noch scharf aufeinander und irgendwie - ganz ohne auf Mainstream zu setzen, sich zu verbiegen oder zu bescheißen - auch noch moderat erfolgreich.

Wer sie ansonsten näher kennenlernen will, darf sie sehr gerne auf Facebook stalken. Oder auch anfreunden. Sie packen nicht ihr ganzes Privatleben dort online, aber man munkelt, es gibt schon mal eine rührende Liebeserklärung von ihm oder eine freche Frotzelei in seine Richtung von ihr. Und natürlich gibt es immer wieder Infos zu ihren Büchern und manchmal sogar die Gelegenheit, mitzureden.

Zeitfracht Medien GmbH
Ferdinand-Jühlke-Straße 7
99095 Erfurt, Deutschland
produktsicherheit@kolibri360.de